小学館文庫

蟲愛づる姫君の宝匣《たからばこ》

宮野美嘉

小学館

目次

蟲愛づる姫君の宝《たから》匣《ばこ》

蠱毒《こどく》というものがある。
壺《つぼ》に百の毒蟲《どくむし》を入れ、喰《く》らい合わせ、殺し合わせる。
そうして残った最後の一匹は、猛毒を持つ蠱《こ》となる。
それを古《いにしえ》より蠱術《こじゅつ》といい、その術者を蠱師《こし》と呼ぶ。

第一話　春ノ祭

魁《かい》国の国王楊鍠牙《ようこうが》には一人の妃《きさき》がいる。

大国から嫁いできた美貌の皇女で、少し前十七になった。

様々な困難を乗り越えようやく結ばれた王と妃は、心から愛し合い平穏に暮らしているという。

季節は春。後宮の庭園は美しい花々に彩られている。

「というわけで、花祭りなんですよ」

王妃のお付き女官である葉歌《ようか》は勢い込んで言った。

「……？」

初めて聞くその言葉に、王妃李玲琳《りれいりん》は庭園の草花を弄びながら首を傾《かし》げた。

「花祭り？　何それ？」

身を乗り出して聞かれた葉歌は一歩後ずさる。

「お妃様、近づかないでくださいまし」

両手を突き出して接近を拒む。

葉歌が警戒するように見る先――玲琳の手には、巨大な百足《むかで》が一匹蠢《うごめ》いているのだった。

蠱師という者がいる。百蟲を壺に入れて喰らい合わせ、残った一匹を蠱として人を呪う術者のことだ。魁国王妃李玲琳は蠱毒の里出身の母から生まれた蠱師だった。

あまたの毒を扱う蠱師の王妃を、人々は恐れ、敬う。

玲琳の輿《こし》入れに際して斎《さい》帝国から同行してきた女官の葉歌は、玲琳の蟲に近づくことを嫌がって距離を取りながらも、毒草園の手入れを手伝っているのだ。

葉歌はこほんと咳払《せきばら》いして、主の質問に答えた。

「花祭りというのは魁国で春に行われる夫婦間の一般的な行事ですわ」

「……そんな行事が去年あったかしら？」

「だってお妃様、去年の春は斎へ里帰りしてたじゃないですか」

「ああ、そうだったわね」

「だからご存じないでしょうけど、花祭りは魁でごく一般的な行事らしいですよ」

「へえ、そう」

「どんな行事かといいますとね」

「興味がないから説明しなくていいわよ」

毒草園の手入れに夢中な玲琳はすげなく突っぱねようとする。しかし葉歌は諦めずに先を続けた。

「いいえ、聞いてくださいまし。仮にも王妃であるあなた様が、魁の一般常識を知らないなんていけませんわ。去年できなかった分、今年はきちんとしなくちゃ」

「……分かったわよ。何をすればいいの？」

玲琳は面倒くさそうにため息をつきながら聞いた。

葉歌はぱっと顔を輝かせて説明を続けた。

「魁は斎と比べて冬が長いでしょう？　ですから、春が来たことを祝って街中に花を飾り付けるんですって。そして妻は夫に、夫は妻に、贈り物をするという風習があるのですわ」

「ふうん……そんな風習があるの」

「ええ、これを怠ると礼儀を欠いているとみなされるそうですよ。ですからぜひとも、お妃様には王様に相応《ふさわ》しい贈り物をしていただかないと！」

玲琳は数拍思案し、適当に手を振った。

「別にしなくてもいいのではないかしら」

「いや！　ダメですって！　これ夫婦の義務ですから！　ごくごく一般的な行事なんですよ！」

くわっと目を剝《む》き、葉歌は身を乗り出す。

何故《なぜ》そんなにも一般的な行事ということを念押しするのか分からないまま、玲琳は小さく頷《うなず》いた。

「分かったわ、考えてみましょう」

すると葉歌はほっとしたように頰《ほお》を緩めた。

「お願いしますね。あ、そろそろ毒草に水をあげる時間でしょう？　私、桶《おけ》に水を汲《く》んできますわ」

そう言って、葉歌は桶を携えいそいそと井戸へ向かって歩いていった。

一人になると、葉歌はぐっと拳を固める。

「上手《うま》くいったわ！」

思わず声が漏れる。顔がにやける。そこで背後に人の気配を感じ、

「……葉歌さん」

声をかけられぎくりと振り返った。立っているのは、さっきまで玲琳と共に黙々と毒草園の手入れをしていた里里《りり》だった。

里里は鍠牙の側室で、玲琳とは王の寵《ちょう》を競い火花を散らし合うはずの間柄でありながら、異様に玲琳を慕っている奇特な娘である。葉歌はこの娘がどうにも苦手だ。

「里里様、どうかなさいましたか？」

愛想笑いを浮かべて聞くと、里里は彫像のような無表情でじっと葉歌を見つめた。この目に見つめられるといつも葉歌は居心地が悪くなる。

里里曰《いわ》く、これは同族嫌悪だそうだ。しかし葉歌自身は生まれてこの方自分と似ている他人に出会ったことはなかったし、里里と自分が似ているとも思わない。ただ、里里を見ているといつも気持ち悪いような恐ろしさを感じるだけだ。

自分と彼女は本当に似ているのだろうか？　だとしたら、どこがどう似ているのだろう？

どうにも頼りない思いに胸を支配され、葉歌はちらちらと里里を見返す。

「葉歌さん、何を企《たくら》んでいるんです？」

「た、企むって……何のことでしょう？」

「お妃様に嘘《うそ》をおっしゃいましたね？」

ずばり聞かれて葉歌の首筋に冷や汗が流れた。里里は容赦なく追及する。

「花祭りの贈り物は義務や礼儀で贈るものではありません」

更に核心を突かれ、葉歌は目を泳がせた。しかし里里は止まらない。

「花祭りの贈り物は、愛情の証《あかし》に恋人間で贈るものです。夫婦間で贈り合うのならなおのこと、愛の証になります。何故、嘘を？」

厳しく問《と》い質《ただ》されて、思わず黙り込む。どう誤魔化《ごまか》したものかと頭の中をあれこれ考えが巡ったが、結局正直に本心を明かすことにした。

「……だって、嘘でもつかないとお妃様は興味を持ってくれませんもの！」

葉歌は腹を括《くく》って里里と対峙《たいじ》した。ぐっと固めた拳を胸の高さに掲げる。

「お妃様と王様はようやく初夜を迎えて身も心も結ばれたんです！　あの時私がどれほど嬉《うれ》しかったか……歓喜に小躍りしましたわ！」

葉歌の熱量に対し、里里は冷ややかな無表情で黙っている。

「あれからはや数か月、ここでもう一押しする必要があります。そう、全てはお世継ぎ誕生のために！」

氷の彫像を前にしながら、葉歌は力説した。

「こんな恋の一大行事を利用しない手はありません。この機会にお妃様と王様の関係を更に深めていただきます。お妃様が花祭りで贈り物をすれば、王様もきっと心を動かされることでしょう。愛が深まること間違いなしですわ！」

全力で思いの丈をぶつけ、はあはあと息をしている葉歌を見据え、里里は全く感情を感じさせない無表情で唇を開いた。

「葉歌さん……」

「はい」

「素晴らしいと思います」

無色透明のまま、里里は一つ大きく頷いた。

「お妃様と陛下が仲睦《むつ》まじく過ごしてくださる……それに勝ることはありません、素晴らしい作戦です。葉歌さん、あなたを見直しました」

「里里様……」

葉歌はじいんと感じ入って目を潤ませた。苦手だった彼女と、初めて心が通じ合ったような気がする。

「葉歌さん、二人で協力して花祭りを成功させましょう」

里里は華奢《きゃしゃ》な手を葉歌に向かって差し出した。

「ええ、里里様。全てはお妃様のために！」

葉歌は力強くその手を握り返す。

謎の同盟が結成された瞬間だった。

このの ち起きるとんでもない騒動を、二人は無論まだ知らない。


その夜のことである。

寝る支度を終えていつも通り鍠牙の寝台へ転がった玲琳は、うつ伏せで足をばたつかせながら昼間の話を思い出した。

夫婦間での贈り物……別に無視しても構わないが、真剣に玲琳の立場を案じている様子だった葉歌の顔を立てておいてもいいだろう。

そう考えていると、突然背中にのしっと重みがかかって玲琳は小さく呻《うめ》く。

首を巡らせて見てみると、夫の鍠牙が玲琳を押しつぶしているのだった。

「……疲れた」

鍠牙は疲労感を吐き出すように呟《つぶや》いた。

「そう、お疲れ様」

玲琳は彼の下でもぞもぞと動き、あおむけになって優しく夫の頬を撫《な》でた。

「ところで……なかなか上手く成長しない蠱がいるのよ。与える毒の調合を変えてみようと思っているのだけれど……」

あやすような口調でそう言った途端、鍠牙は起き上がって渋さここに極まれりという表情に激変する。

「ほう……それで？」

「お前の毒が欲しいわ」

艶《なま》めかしく微笑《ほほえ》み、べろりと唇を舐《な》めた玲琳を見下ろし、鍠牙は頬を引きつらせる。

「……可愛《かわい》い俺の姫……あなたは鬼畜か。俺は今、疲れたと言っただろ。そんな夫を、あなたは滋養強壮剤か何かみたいに搾り取ろうというんだな」

「お前に触れられるのは気持ちいいのよ」

その快感は抗《あらが》いがたく魅惑的な毒の海だ。その海に溺れて得られる新たな智《ち》を、玲琳は求めている。

「だからお前をちょうだいよ」

率直な要求を受け、鍠牙は鼻の上にしわを刻んだ。

「……卑怯《ひきょう》すぎて縊《くび》り殺したくなるな」

「そうよ、蠱師は卑怯なの」

玲琳はにやりと笑う。

「お前のことなど少しも愛していないけれど、この内側にある毒が必要だからお前を喰らうのよ。お前はただの毒の壺なの、黙って良い子で差し出して」

こうやって、玲琳は彼に侮蔑的な言葉を与える。それが彼を安心させることを知っている。

「……あなたに触れると頭が痛くなるんだが」

鍠牙は嫌そうに言う。比喩ではなく、彼は玲琳に触れると本当に頭が痛くなるのだ。彼の中には玲琳が仕掛けた毒蜘蛛《どくぐも》が潜んでいて、それが悋気《りんき》から鍠牙を攻撃しているのである。

「我慢しなさい」

玲琳は笑顔一つで彼の苦情を退けた。

鍠牙は本気で嫌そうな顔をしている。彼は本質的に、女があまり好きではない。

しかし鍠牙はどれほど文句を言っても嫌がっても、玲琳を心底から拒絶することはないのだった。

鍠牙はやれやれという風に嘆息し、顔の横に手をつくと玲琳に向かって降りてきた。

が、そこでふと玲琳は思い出した。

「ねえ、何か欲しいものはある？」

「……は？」

脈絡がなさ過ぎて鍠牙はぽかんとしたまま途中で固まった。

真上で停止している鍠牙を見上げ、玲琳はもう一度聞く。

「花祭りに何か欲しいものはある？」

「……花祭りに？　あなたが俺に何かくれるのか？」

「ええ、そのつもりなのだけど、何か欲しいものはある？」

鍠牙は何とも言えない顔で黙考し、首を捻《ひね》った。

「姫、花祭りがどういうものか知っているのか？」

「知っているわよ、ちゃんと聞いたわ。何が欲しい？」

再度確認すると、鍠牙は玲琳を見下ろしながら思案し、

「そうだな……姫がくれるなら何でもいいさ」

　そう答えて笑った。

　その時、部屋の戸が開いて女官がぱたぱたと駆け込んできた。

「お休みのところ申し訳ありません、陛下。姜利汪《きょうりおう》様が急ぎ裁可を仰ぎたいことがあると……」

「ああ、分かった。すぐに行こう」

　鍠牙はたちまち寝台から降りて上着を羽織った。

「待って、遅くなるようならその前に唇だけちょうだい」

　玲琳は寝台に座って両手を広げた。

　鍠牙はじろりと玲琳を睨《にら》み、

「断る」

　と一言。

「何故？」

　玲琳はちょっとむくれた。

「男を薬湯扱いするような女に与えるものは何もないな」

「あらそう、私はお前に触れるのがとても好きだけれど、お前は私に触れるのが嫌いなの？」

「そういう卑怯な問いに答える義務はない」

「それは答えたのと同じようなものよ」

彼が本気で自分を拒むことはないと知る玲琳は、くっくと笑った。その時、

「陛下の邪魔をするのはおやめください」

凛《りん》とした非難の声が部屋に響き渡った。

鍠牙を護衛している近衛兵《このえへい》の一人が、部屋に入って玲琳を睨みつけていた。

まだ若い、玲琳と同じ年頃の若者で、整った顔立ちの美青年である。長く艶《つや》やかな髪を後ろで一つに括っており、背筋がぴんと伸びているのが清々《すがすが》しい。ただ、瞳だけが異様な圧を持っていて、強い。あまりに強いその瞳が、玲琳の興味を引いた。

突如王妃を非難するというその行動は咎《とが》められてしかるべきだったが、彼の美しさと垣間《かいま》見える幼さが、その行為を許すべき美徳に収めていた。

玲琳は立ち上がり、すたすたと彼に近づいた。

「お前の名は？」

問いかけた途端、女官が仰天して両手を上げるおかしな姿勢になった。

彼らはみな、玲琳が人の顔や名に関心を持たないことを知っている。故に驚天動地の大事件とばかりに驚いているのだった。

「苑雷真《えんらいしん》と申します。先日陛下の護衛に任命されました」

若者はあまりに冷たすぎる声で名乗った。なるほど新人が大役を仰せつかって張り切っているのかと玲琳は納得する。

「雷真ね、覚えておくわ」

「覚えていただかなくて結構。私がお仕えしているのは陛下であって、お妃様ではありませんので」

拒絶の声には侮蔑が塗りこめられている。

「お前は私が嫌いなのね」

人から嫌われることにはたいそう慣れている玲琳はそう言った。が、彼が玲琳に向ける瞳は、今まで玲琳を嫌ってきた数多《あまた》の人間たちと比べてあまりにも強すぎた。

「好き嫌いの問題ではなく、蠱師であるあなたがこの国の王妃であることは正しくないと思っています」

雷真はわずかも怯《ひる》むことなく言ってのける。

「あなた、無礼ですよ！」

さすがに女官が咎めたが、玲琳は腹が立つどころかますます彼に興味を持った。

「何故蠱師ではいけないの？」

「不当に人を殺すことは正しくない。正しくないことをする者が人の上に立つのも正しくない。それだけのことです。何より、陛下のように清廉潔白で完全無欠な方に、あなたのような妃が相応しいはずはありません！」

即答にして力説。傍らの女官が少し引いた。鍠牙は何とも言えない顔をしている。

玲琳は耐えきれずに思いきり吹き出した。

異常なほどの潔癖。病的で、周りを壊してしまいそうなほどだ。

「お前は鍠牙が好きなのね」

揶揄《やゆ》するように言うと、雷真は至極真面目な顔で口を開いた。

「私はただ、この血の最後の一滴まで陛下に捧《ささ》げ、陛下をお守りし、生涯お仕えすると心に決めているだけです。それが私にとっては正しいことです」

彼はそう断言して己の胸を叩《たた》いた。

玲琳はまた吹き出した。

「お前が気に入ったわ。私の夫をよく守ってちょうだい」

にんまり笑いながら告げるが、雷真は厳しい表情を崩そうとしない。

「言われるまでもないことです。私の命はすでに楊鍠牙陛下のものなのですから。さあ陛下、どこへなりともお供いたします」

そう言って、彼は臣下の礼をとる。

鍠牙が苦笑いしながらそれに応じた。

「よろしく頼むぞ。じゃあ姫、少し出てくる」

軽やかに告げて部屋を出て行く。玲琳はひらりと手を振って見送ったが、はたと思い出して呼び止めた。

「昼は？」

「断る」

振り返りもせずに拒否して、鍠牙は足早に逃げていった。


それから幾日も経《た》ち、後宮にも様々な花が飾り付けられるようになった。

女官たちも妙に華やいで、浮足立っているように感じる。

独り身の女官たちもうきうきしているのはどういうことだろう？　と、玲琳は不思議に思った。夫婦間の行事と聞いていたが、独り身の者たちにも関係があるのだろうか？　ずいぶん盛大な祭りのようだから、夫婦間での贈り物だけでなく他にも色々催しがあるのかもしれない。

どちらにしても玲琳の役割は夫に対する義理を果たすことだからと、玲琳は鍠牙への贈り物をせっせと用意したのだった。

鍠牙の周りにはしばしば雷真が付き従っていたので、必然的に玲琳は彼から頻繁に睨まれた。別に睨まれたところで玲琳は困らない。玲琳が彼を気に入ったことと、彼が玲琳を疎んじていることとの間には、何の関わりもないのだ。

「あの方は良家のお坊ちゃんらしいですよ」

噂《うわさ》好きな葉歌が彼の情報を調べて教えてくれた。

「お妃様より一つ年上の十八歳で、名門苑家の四男坊。官吏の道も用意されていたのに、軍に入ってたちまち頭角を現して、あっという間に王様の近衛隊に入ったんですって。ちなみに好きな食べ物は豆腐」

最後の情報はどうでもよすぎると玲琳は思った。

「なんか、今更お妃様が蠱師だってだけであんなに嫌う人がいるなんて意外ですよね。斎ではこれが普通でしたけれど、魁の人たちはここまであからさまにお妃様を嫌わないじゃないですか。いえ、本心では不気味で恐ろしい毒使いだと思ってるのかもしれないですけど、表向きは隠してるじゃないですか」

「葉歌、思ったことを何でも言えばいいというものではないのよ」

玲琳は忠実な女官を窘《たしな》めたものだった。

そして花祭り当日の朝——

街では様々な屋台が出て、早朝から華やかな祭りが催されているらしく、それに伴って後宮の華やぎも最高潮に達していた。どこもかしこも花だらけで、玲琳は故郷の斎帝国を思い出した。玲琳が知っている普段の斎帝国の後宮は、こんな華やかさを持っていたように思う。ここにもっと煌《きら》びやかさと高貴さを添えれば、斎帝国の日常にずいぶんと近づくのではなかろうか。

玲琳は華やぐ魁の後宮を眺めながら、廊下を歩いた。

「それで結局、何を贈る予定なんです？」

まるで自分がもらうかのようにわくわくしながら葉歌が聞いてきた。

玲琳は手に細長い小箱を携えて、鍠牙の部屋へと向かっているところだった。

「何を贈ったとしても、王様はきっとお喜びになると思いますわ。どうせお妃様のことですから、また蟲とか毒とか用意したんでしょ？」

まったく葉歌ときたら優秀な女官で、主の行動を的確に推測しているのだった。

「まあそんなところよ」

玲琳はそう答えて鍠牙の部屋へと到着した。

朝の支度を終えた鍠牙が、朝食を待ちつつ臣下たちから報告を受けているところだった。

玲琳が現れると、彼らは気を利かせてささっと離れる。その視線が玲琳の手にある小箱に向けられ、甘酸っぱい期待感に輝いた。部屋からは出ず、彼らはそわそわと主夫妻の成り行きを見守っている。

義務的に贈り物をするだけの行事で何故にこうもはしゃいでいるのか、玲琳は甚だ疑問でならない。ともあれ義務を果たすべく、椅子に座っている夫のもとへ真《ま》っ直《す》ぐ向かい、その手に箱を握らせた。

「あげるわ」

鍠牙は細長い小箱を一瞥《いちべつ》し、手の中で器用にくるりと回してみせた。

「いいから早く開けてごらん」

軽く顎をしゃくって促すと、鍠牙はすぐに箱を開けた。中を見た途端、彼の瞳は驚きに大きく見開かれた。

後ろに控えていた葉歌がこそっと背伸びして中を覗《のぞ》き込《こ》み、はしゃいだ声を上げる。

「まあ！　なんて綺麗《きれい》な山茶花《さざんか》！　信じられませんわ、お妃様がそんな気の利いた贈り物をなさるなんて」

彼女の言う通り、箱の中には山茶花の一枝がほっそりと収まっていた。しかしそれは普通の花ではなく、花も葉も枝もすべてがつるりと滑らかで水晶のように透明だ。

「なんだ、これは？」

鍠牙は不思議そうに目をぱちぱちする。

「私が作ったのよ、あげるわ」

花祭りにあげるのだから花がよかろうという至極安易な考えで、玲琳はこの浮世離れした花を贈り物に選んだのである。

彼はその美しい水晶の彫刻に似た花をまじまじと見つめ、ふっと笑った。

「確かに葉歌の言う通り、姫が選んだとは思えないほど気が利いているな。俺はてっきり、イモリの死骸やら日干しの毒草やらを用意するのかと思ってたぞ」

軽やかな笑声を上げてそんなことを言う。

「まあそういうものでもよかったけれど、花祭りだというから」

花にちなんだものの方がよかろう。

「さすがですわ、お妃様！　さあさあ王様、せっかくですから手に取ってみてくださいな」

「ああ、変わった花があるものだな」

鍠牙は山茶花を箱から摘まみ上げた。

「こんな綺麗なものをもらえるとは思わなかった」

口元をほころばせたまま山茶花を眺める。

その姿を見て何故か葉歌が目を煌めかせている。

玲琳はそんな長閑《のどか》な空気の中、にこりと笑って言った。

「安心しなさい」

「何がだ？」

「そんな嘘くさく笑わなくても大丈夫よ」

たちまち鍠牙の表情が硬くなった。

「どうせ、突然日和《ひよ》ってつまらない花など贈ってきたとでも思っているのでしょ？　安心なさいよ。この私がお前にただの花など贈ると思う？」

「なるほど、ではこの花は何だ？」

鍠牙はさっきまでの爽やかな笑みから一変、陰険そうな笑みを浮かべてみせる。

「これは毒の結晶よ」

玲琳は得意げに言った。

「……は？　何だ？　俺を毒殺しようとしたのか？」

「それは悪くないわね。だけど残念ながら違うわ。これは毒蜘蛛の糸を蠍《さそり》の血で固めて作った毒の結晶。敵に投げつけて花びらを散らせば相手を昏倒《こんとう》させられるわ」

危険極まりないその説明に、鍠牙はぽかんとしてしげしげと花を眺めた。

すると突然控えていた臣下の一人――見覚えのある男だ、確か雷真と名乗っていた。

鍠牙の新人護衛である雷真が、ずかずかと近づいてきて鍠牙の手から花を奪った。

「このような危険物に触れてはなりません！」

続けざまに険しい顔で玲琳を睨みつける。

「こんなものを陛下に贈るなど、どういうおつもりですか！」

雷真は玲琳に詰め寄ったが、そんな雷真より遥《はる》かに険しい顔で葉歌が前に立ちはだかった。

「そういうあなたこそどういうおつもりですか！　お妃様の花から手を離しなさい！」

激高し、雷真の手から花を奪い返そうとする。

しかしその直前、雷真は糸が切れた操り人形のごとく床に倒れた。

葉歌は真っ青になってその場に立ち尽くす。

「おい、大丈夫か！　まさかこの花の毒でやられてしまったのか？」

鍠牙がすぐさま倒れた雷真の傍に跪《ひざまず》き、彼の手から花を取り上げた。

「触れただけで毒は発動しないわ。突然昏倒するなどありえない」

玲琳は想定外の事態に眉を顰《ひそ》め、しゃがんで雷真の体に触れた。

すると雷真はすぐにパチッと目を開けた。一同がほっとする中、彼は真っ直ぐに玲琳を見つめた。

視線を外すことも瞬《まばた》きをすることもなく、雷真はゆっくりと起き上がり、ただひたすら玲琳を見つめている。

「具合はどう？　どこか痛いところはない？」

玲琳が体調を確認すると、彼は己の胸元を荒く摑《つか》んだ。そして声もなく滂沱《ぼうだ》の涙を流し始める。突然の異常事態に周囲の者たちは仰天した。

「どこか痛む場所はある？」

玲琳が慎重に観察しながら問いかけると、雷真はこの上なく真剣な顔で玲琳を見つめ返し、ゆっくりと口を動かした。

「お妃様……私は…………あなたをお慕いしています。いえ、愛しています」

「…………はあ？」

理解の埒外《らちがい》にある突然の出来事に、玲琳の思考回路は停止した。視界の片隅で、葉歌が絶望的に頭を抱えている。そして鍠牙は、何とも興味深そうに玲琳と雷真を観察しているのだった。

「お前は自分が何を言っているか分かっている？」

「あなたを愛していると申しました」

ついさっきまで玲琳を汚物のように見ていた彼が、今は女神を見るような目で玲琳を見つめていた。

「どうすればあなたは私を愛してくださるでしょうか？」

真顔の瞳に熱っぽい狂気を感じる。

「どうやったところでお前を愛しはしないわよ」

「何故ですか？」

「私にそういう才能はないの。愛だの恋だのは才能のある者だけがすればいいのよ」

しかし雷真はまるで諦めることなく、ずずいと玲琳に身を寄せた。

「ですが、この世に絶対はありません。どうすれば私を愛していただけますか？　腕を落とせというなら落としましょう。親を裏切れというなら裏切りましょう。ゴミを道端に投げ捨てろというなら……胸は痛みますがやってみせましょう。あなたの愛を得られるのなら、何でもやります。どうかおっしゃってください」

　幾重にも乞われ、玲琳はかぶりを振る。

「何をしたところで無駄なものは無駄よ」

「ですがお妃様、私は……」

「いいこと、お前は今おかしくなっている。原因を調べるから少し落ち着きなさい」

　そう言って立ち上がった。

「お供いたします」

　雷真もすぐさま立ち上がるが、玲琳はそれを手で制した。

「お前はここにいなさい。道具をとってくるわ」

　そう告げて、玲琳は鍠牙の部屋を出て行こうとする。

「姫、ずいぶん楽しい贈り物をしてくれたものだな」

　背後から鍠牙の声が追ってきた。

「喜んでもらえて幸いよ」

　玲琳は苦々しげに言い捨てて、足音荒く出て行った。

自分の部屋で様々な道具を確保すると、玲琳は再び鍠牙の部屋へ戻ろうとした。何が起きているのかは分からないが、玲琳の山茶花を触って昏倒したところを見るに、それが原因である可能性は高い。

自分は何かをしくじったのか……そう思うと苦い気持ちが湧いてくるが、とにかく調べてみなければ何も分からない。

気持ちを立て直して廊下を歩いていると、向かいから見知った女が歩いてきた。人の顔を極端に覚えぬ自覚のある玲琳だったが、さすがに何度も顔を合わせた彼女のことは覚えていた。玲琳に魁の礼儀作法を教えてくれた女性、姜朱奈《しゅな》である。

朱奈は玲琳の顔を見ると、ぱっと顔を輝かせた。春日を具現化したような笑顔で小走りに駆けてくる。彼女は腰に結んだ前掛けの裾を持ち上げ、そこに山盛りの花を積んでいた。朱奈が走るたびに前掛けから花びらがひらひらと舞い落ちる。まるで幸福を花びらにして全身から振りまいているような女だと玲琳は思った。

「お妃様！　お会いしとうございました。あなた様に花の祝福あれ」

そう言って、朱奈は突然玲琳に抱きついた。花が廊下に散らばり、景色を鮮やかに染める。そして彼女は玲琳の頬に口づけた。突然の出来事に玲琳の頭は混乱する。

「あなたに愛を伝えに参りましたの。愛していますわ。この世の何より愛《いと》おしいです。目も髪も肌も何もかもが宝物のよう。この想《おも》いを百遍《ぺん》だって伝えたいですわ」

全身全霊で愛を伝える朱奈に、玲琳はどう答えたらいいのか分からず硬直している。すると、廊下の向こうでどさっと荷物を落とす音がした。

玲琳はそちらを見てぎくりとした。

玲琳の可愛がっている側室の里里が、いつもの無表情をかなぐり捨てて愕然《がくぜん》と目を見開き、抱き合う二人を見ているのだ。里里は衝撃のあまり身動きもできず佇《たたず》んでいる。彼女がこのまま、ぱりんと割れてしまうのではないかと玲琳は危ぶんだ。

里里はしばし佇んでいたが、ふらふらと幽鬼のような足取りで立ち去ってゆく。今にも霞《かすみ》となって消えてしまいそうな頼りない足取り。

呼び止めたところで今のこの体勢では取り繕いようがなく、玲琳は里里をただ見送ることしかできなかった。

玲琳が鍠牙の部屋へ戻ると、待っていた者たちは呆気《あっけ》に取られてその姿を見た。

朱奈は未《いま》だに玲琳から離れていなかった。

「朱奈、いいかげん離れなさい。私はやることがあるから他の部屋で待っていて」

「そんな……嫌ですわ。お妃様から離れるなんて寂しくて耐えられません」

少しでも離れたらもう生きていけないとでもいうような悲しい瞳で朱奈はすがるが、玲琳はそれを切り捨ててしっかりと扉を閉じた。朱奈と一緒にいるところをこれ以上里里に見られでもしたら大変だ。

「朱奈までおかしくなってしまったのか？　どういうことだ？」

鍠牙が苦笑しつつ聞いてくる。

「そんなものは私が聞きたいわ」

そうしてじろりととある人物を睨んだ。

「さあ……説明してもらうわよ、葉歌」

名を呼ばれた途端、葉歌はぎくりと身を固めた。

「お前が何かしたね？」

「な、何のことでしょう」

葉歌は往生際悪く誤魔化そうとするが、玲琳は許さなかった。

「嘘を吐《つ》くのはおやめ。これはどう考えても私の失態ではないわ。お前が何かしたのでしょう？　だからあの時、雷真の手から花を取り返そうとしたのだわ」

「それは……お妃様の贈り物に触れていいのは王様だけだと思って……。第一私はお妃様の贈り物を見ても触ってもいませんもの。細工なんてできませんわ」

「嘘よ、だってお前はあれを山茶花だと言ったもの」

「は？　いや……あれは山茶花でしょ？」

玲琳の追及に、葉歌はきょとんとして顔を上げた。

「ええ、あれは山茶花よ。だけど……鍠牙、あれを見たとき何の花だと思った？」

玲琳は、後ろの長椅子に悠然と座ってこの事態を見守っている鍠牙に尋ねた。

彼は軽く首を捻り、記憶をたどるように視線を巡らせ――

「椿《つばき》だと思った」

そう答えた。

椿と山茶花は似ている。本物の花なら容易《たやす》く見分けられようが、色のついていない透明な毒の花で見分けるのは難しい。椿に比べると山茶花はやや小ぶりなのだが、玲琳は毒をたくさん閉じ込めるためにこの毒花を大きめに作っている。つまりこの花は、椿に酷似している。しかしいくら似ていようと、この花は紛《まぎ》れもなく山茶花を模して造られた毒だ。なぜなら敵に投げつけると花びらを散らして毒を振りまくからだ。椿であれば、花びらは散らず首がぽとりと落ちる。山茶花と椿は花の終わり方が違う。

「この毒の花は椿にしか見えないわ。だけどお前は一目で山茶花だと言った。蠱毒の里に伝わる『山茶花の術』を知っていたからね？　お前は毒だと分かっていて、鍠牙にこれを手に取れと言ったのよ。あまりにも私の葉歌らしくなかったわ。触って発動する仕掛けをしていたのね？」

強く問い質され、葉歌はへなへなと脱力したように座り込んだ。

「答えなさい。何をしたの？」

玲琳はとどめを刺すように促した。

「……惚《ほ》れ薬を塗りました」

葉歌はとうとう観念し、ぽつりと言った。

そしてその言葉はその場の一同を呆気に取らせて余りある力を有していた。

「何ですって？」

自分で催促しておきながら聞き間違いかと玲琳は疑った。

葉歌はやけっぱちになったのか、がばっと顔を上げて玲琳を見据えた。

「惚れ薬を塗りました！　王様がお妃様にめろめろになって、お二人がもっと仲良くなるように企みました！　全部私がやりました！　これでご満足ですか！」

玲琳は呆《あき》れるしかない。

「お前……どうしてそんなことを」

「だって、今日は花祭りですもの」

「花祭りと惚れ薬に何の関係があるというのよ」

なにがなんだかもうさっぱりだ。

「姫、あなたは花祭りが何のために行われるのか知っているのか？」

鍠牙が突然口を挟んできた。

「夫婦間で贈り物をしあう日でしょう？　礼儀だと言うからわざわざお前に贈り物をしたのじゃないの」

「花祭りは恋しい相手に愛を伝える日だぞ」

たちまち玲琳は凍り付いた。しばし固まった末に解凍し、葉歌を見下ろす。

「……葉歌？」

思いのほか低い声が出て、葉歌をびくりとさせた。

「も、申し訳ありません……嘘を吐きました。お妃様に愛を告げられれば、王様が喜ぶんじゃないかと思って……」

彼女は消えるような声で弁明する。

玲琳は呆気に取られてもはや責める気にもなれなかった。

この女官は心から玲琳を想っていて、玲琳と鍠牙が仲睦まじくいてくれることを願っている。それは間違いない。ただ——彼女は楊鍠牙という男を分かっていないだけなのだ。

何も言えずにいる玲琳の代わりに、鍠牙が席を立って葉歌の前へしゃがんだ。

「葉歌、ずいぶん心配させてしまったみたいだな。それなりに楽しい余興だったが、この辺にしておこう。この惚れ薬の解毒薬は持っているか？」

優しく諭すような彼の言葉を聞き、葉歌は目を潤ませて首を振った。

「いいえ、解蠱薬《かいこやく》はありませんわ。だって解蠱する必要があるなんて思わなかったんですもの」

解蠱──その言葉に玲琳の耳はぴくりと反応する。つまりこの惚れ薬は、蠱毒なのだ。ならばいったい、誰がその蠱毒を用意した……？

「なるほど……それなら姫に何とかしてもらうか。雷真、悪いがそれまで我慢してもらえるか？」

鍠牙は忠臣に向かってすまなそうに確かめる。

しかし雷真は、ついさっきまで我が命とばかりに忠誠を誓っていた王の言葉をもはや聞いてもいなかった。ただただ玲琳を見つめ続けている。この眼差《まなざ》しで串刺しにすれば相手が手に入るとでもいうように。

「事情は分かりました。私は毒に冒されているのですね。ですが……そんなことはどうでもいいことです。問題は、お妃様がどうすれば私を愛してくださるかということなのです。お妃様の愛を得ることが、今の私には正しいことです」

ほんのわずかも視線を逸《そ》らさず、玲琳を見つめたまま彼は言った。盲目的なほどに、彼は玲琳を想っている。

玲琳の頭がくらくらし始めたところで、突然部屋の戸が開いた。

朱奈かと思いきや、そこにいるのは顔立ちの似た双子の女官、翠《すい》と藍《らん》だ。葉歌に次いで玲琳の面倒を見てくれている女官たちである。二人は零《こぼ》れ落《お》ちそうなほどの花を抱えて我先にと部屋へ入り、競うように玲琳のもとへと駆けてきた。

どうしたのか——と聞くより早く、双子は突然玲琳に抱きついてきた。

色とりどりの花が散り、玲琳の頭の中は大混乱で真っ白になった。

「お妃様、お慕い申し上げていますわ。あなた様のその異常で気持ち悪いところをこの世の何より愛しております」

かなり無礼なことを言いながらしがみついてくる翠。

「私もですわ！　好き好き好き好き好き！　大好きです！　我慢できませんわ、唇を奪ってもよろしいですか？」

欲望を丸出しにして頬をすり寄せてくる藍。

玲琳はそのまましばし頭をくらくらさせていたが、ややあってじろりと葉歌を見下ろした。

「葉歌……お前、何をしたの？」

「ええ!?　違う！　してないしてない！　私、何もしてません！」

葉歌はもげ落ちそうなほどにぶんぶんと首を振った。あまりに必死で、誤魔化しているようには見えない。もしや……と思いつき、尋ねてみる。

「惚れ薬というのはまだ残っているの？」

「残ってますけど、ちゃんと自分の部屋に置いてますよ」

「あ、葉歌さん。部屋に置いてあった蜂蜜の壺、厨《くりや》へ戻しておきましたわ。料理人がないないって捜してましたから」

　翠が思い出したように言った。途端、葉歌の顔色が変わる。

「え!?　あ、あれ……蜂蜜じゃありません！　ていうか、なんで人の部屋に勝手に入ってるんですか！」

「え？　だって戸が開けっぱなしだったので」

　困惑したような翠の言葉に、葉歌はぱたりと床へ突っ伏した。

「……葉歌、気を失った振りなどしても無駄だからね」

　玲琳は脅すように言う。葉歌の肩がぎくっとする。

　玲琳は短くため息をつき、きっぱりと命じた。

「何か間違いが起こる前に毒を回収してきなさい」

「は、はい」

　葉歌は勢い良く立ち上がって部屋を出て行こうとしたが、藍が片手をあげて躊躇《ためら》いがちに口を挟む。

「ええと、すみません。あの蜂蜜でしたらもう、お茶に入れてみんなで飲んでしまいましたわ。朱奈様にも振舞いましたし……。あれは蜂蜜じゃなかったんですの？」

　わずかのあいだ硬直し、葉歌は今度こそばったりと倒れてしまった。

「いったいどうしてこんなことにいいいいいい」

倒れたまま恨み言のように絞り出す。

「お前がおかしなことを考えるから……」

玲琳が呆れて呟きかけたところで、またしても部屋に人が駆けこんできた。

「翠さん！　藍さん！　抜け駆けなんて狡《ずる》いわ！　お妃様からお離れください！」

「お妃様！　私の思いを受け取ってくださいませ。受け取ってくださらなければ死にますわ！」

「どうしても気持ちを抑えられません。憐《あわ》れと思うならどうかお情けを……」

次々に入ってくる女官たちに、玲琳はもう呆気に取られてしまって何も反応できなかった。

女官たちは我こそはと競って玲琳に愛を捧げ、昂《たかぶ》った感情を次第に周りで競う同僚たちに向け始めた。

「ちょっとあなた！　出て行ってよ！　私の方がお妃様を好きなんだから！」

「あなたこそ黙りなさいよ！　私がどれだけお妃様をお慕いしてると思ってるの！」

「信じられない、みんな下品ね。お妃様が嫌がってるわ」

「何ですって？　そうやっていい子になって出し抜く気？」

「そういう人が一番下品なのよね」

「何よ！　馬鹿にして！」

女官たちの言い合いは次第に険を帯び、とうとう取っ組み合いに発展した。

渦中の玲琳はもみくちゃにされ、どさくさに紛れてあちこち触られ唇も奪われたが、まあそれはどうでもいい。

葉歌は倒れたままその様子を見てあわあわと混乱し、雷真は血が滲《にじ》むほど拳を固めて耐えている。鍠牙だけが楽しげににやにやと笑っていた。

玲琳はこの混乱状況に押しつぶされかけながら、彼女たちの手を振り払った。

「騒ぐのはおやめ！」

腹の底から一喝する。空気を震わすその声に、女官たちは縮み上がる。

「全員ここから出て。自分の部屋で頭を冷やしておいで」

厳しく命じられ、女官たちは悲しげな顔ですごすごと出て行った。退室しながらも、未練を残して幾度も振り返る。

そんな眼差しを向けられたことなどついぞなかった玲琳は、何とも奇妙な気持ちになった。人から好かれた経験というものがあまりにも乏しいのだ。

「葉歌……お前、私をどうしたかったのよ」

げんなりとして問いかけるが、葉歌は言い訳する気力さえ失って床に伏している。

「ぶっ……ははははは！　とんでもないことになったな」

人の気も知らず、鍠牙がけたけたと笑いだす。

「このままにはしておけまいよ。姫、あなたならこれを解蠱できるか？」

「……誰に聞いているつもり？」

挑発されて、睨み返す玲琳の瞳は猛禽類《もうきんるい》のように鋭くなった。

「私の庭でこんなくだらない騒動は許さない。今すぐ解蠱してあげるわよ。で？　葉歌？　お前はいったいこの蠱毒を誰から入手したの？」

「そ、それは……」

葉歌はしばし突っ伏していたが、観念して起き上がった。

「さ、里長《さとおさ》に……用意してもらいました」

その告白に、玲琳は一瞬瞠目《どうもく》したが、すぐに目を細めた。

「……でしょうね」

予想していた答えではある。

葉歌が里長と呼ぶのは、玲琳の祖母でもある蠱毒の里の長のことだ。葉歌と繋《つな》がりのある蠱師といえば斎に住む蠱毒の民しかありえない。

「もしかして、この惚れ薬は、おばあさまが作ったものなの？　おばあさまは依頼以外で蠱術を使うことを嫌がると聞くけれど」

「ええ、ですから私が依頼したんです。お妃様と王様をイチャイチャさせる蠱毒を作ってくださいって」

何と馬鹿げた蠱術を要求したのだこの暗殺者は……玲琳は呆れる。

「つまり……おばあさまの蠱毒を解蠱しない限り、この騒動を収められないということね？」

にたりと笑った玲琳に臆したか、葉歌は躊躇いがちに頷いた。

「あのう……実は一つ伝言を預かっております」

「おばあさまから!?　何？」

玲琳は反射的に食いついた。あのこの世で最も恐ろしい蠱師が、玲琳に何を伝えようとしているのか……

「これは人の恋情を極限まで喚起する術。この術にかかった者に迫られれば重く感じることもあることでしょう。疎ましく煩わしいと思うのならば術を破るといい。破れるのなら、破ってごらんなさい……と」

淡々とした言葉に玲琳は背筋がぞくぞくした。我知らず唇が弧を描く。

これは挑戦状だ。この世に唯一無二の偉大なる蠱師の女王が、玲琳と遊びたいと言っている。

「花祭りにずいぶん素敵な贈り物をしてくれたわね」

沸きあがる興奮のままに拳を握る。

「いいわ、おばあさまの贈り物、欠片《かけら》も残さず受け取って差し上げるわ」

そう宣言して、惚れ薬が塗られたという山茶花に手を伸ばした。

ここに蠱毒が塗られている？　触れても全く分からない。忌々しさと喜びが同時に押し寄せ凶暴な笑みを形作った。

「みんな出て行って。解蠱薬を作るわ」


ひとけのない部屋の中で玲琳は惚れ薬の構造を解析しようとした。

山茶花の表面を水に溶かし、そこに含まれる毒を見極めようとするが、嗅いでも舐めても毒の気配を感じられない。

玲琳が瞬きもせずに唸《うな》っていると、部屋に残って楽しげに事態を見守っていた鍠牙が口を開いた。

「なるべく急いでくれよ、姫」

玲琳はぎろりと鍠牙を睨んだ。

「相手はこの世で最も強い蠱師の毒。そう易々《やすやす》と打ち破れるものではないわよ」

「そうか、だがなるべく早く頼む。そうしないと、俺が患者たちに悪さをしてしまうかもしれんからな」

にこりと爽やかに笑いながら彼はそんなことを言い出した。

玲琳がぽかんとする前で、彼は更に続けた。

「俺は無力で、あなたの行動や精神を制限することはできない。あなたが誰を恋慕おうが、異を唱えることもできない。だけどな……他の人間があなたに恋情を向けることを許せるほど、俺の心は広くないんだ」

表情は全く変わらず愉快そうな笑みのままだ。

玲琳も思わずひきつった笑みを返す。

「自分を卑下する必要はないわよ。お前の器だって、蟻《あり》の頭程度の大きさはあるでしょうからね」

「そうか、褒めてくれてありがとう」

彼はにこりと笑みを深めた。

「いいえ、どういたしまして」

玲琳も優しく笑みを返す。

「お前……もしかしてずっと不機嫌だった？」

「機嫌がいいように見えるか？」

聞きながら、彼はどこからどう見ても機嫌よく笑っている。

「いつから？」

「あなたが花祭りに贈り物をくれると言った時から」

それなのに、紡ぐ言葉は悍《おぞ》ましいものだった。

「あれから俺はずーっと拗《す》ねている。そこに今日のこの事態だ。これ以上彼らがあなたを見るなら、俺は全員の目をえぐってしまうぞ。そうだな……まあ三日くらいなら我慢してやってもいい。……いや、二日が限度だな。そこを越えたら終わりだ。だから頑張れ」

玲琳は呆気に取られて彼を見つめた。

いつからだろう？　ここ数か月——玲琳が蠱毒の民の里長になると決めたあたりだろうか？　いや、玲琳と初めて契ったあたりからかもしれない。彼は変わった。以前よりもずっと清々しく真っ直ぐ……嘘吐きになった。

前はいともたやすく見破れた彼の嘘を、玲琳は見過ごしてしまった。

彼はずっと怒っていたのだ。拗ねていたのだ。不貞腐《ふてくさ》れてやけっぱちになっていたのだ。自分はそれに気が付かなかった。

玲琳は美しく煌めく山茶花を水に沈めたまま、そこへ思い切りすりこ木を振り下ろした。水晶のごとき花は一撃で砕け散る。

「おい、俺への贈り物を勝手に壊すな」

鍠牙は眉を顰めて抗議した。

「馬鹿げた祭りに加担したわ。この私が、お前に愛の証を贈るなどありえないのよ。

お前には何もやらない。地に頭をこすりつけて懇願しようが、花びらの欠片すらあげない。愛してもいないお前に与えるものなどないわ」

玲琳は小馬鹿にしたような物言いで何度も何度も花を砕く。

これは玲琳の失態だった。花祭りが愛の証になるなどとは知らなかったのだ。これは明らかな過ちだった。だから――玲琳は罪滅ぼしに彼のご機嫌を取ったのだった。

粉々に砕かれた花を見て、鍠牙はようやく満足したように笑った。それは嘘偽りない本心からのもので、そういう顔をすると彼は少し幼く見えた。

「せっかく美しいものをもらったのに……姫は残酷だな」

「私からの愛の証が欲しかった？」

「ああ、欲しかったよ。姫に愛されたらどれほど幸せだろうと思うよ」

けれど、それを与えられた瞬間、彼は己を見失うのだ。

幸福に耐えられない――それが彼の呪いであり、毒の源泉なのだから。

だから玲琳は彼を冷たく拒絶する。

「残念ね、私がお前に愛の証を贈る日など千年待とうと来はしないわ」

と、彼に必要な言葉をくれてやる。なんて厄介な毒の化生。そういうこの男を、玲琳は心から魅惑的に感じるのだ。

「さあ、邪魔をしないで。これは私とおばあさまの楽しい語らいなのだから」

しっしと追い払うような仕草をして、玲琳は砕けた山茶花に向き直った。

「手早く頼むぞ。大事な護衛や女官たちが酷《ひど》い目に遭うのは俺も忍びない」

鍠牙は軽やかに笑いながら言うのだった。


しかしその結末は呆気なく訪れる。

丸一日後、血眼になって玲琳を追いかけ回していた彼女たちの惚れ薬は、ぱったりと効果を失ってしまったのだ。

「やられた……」

玲琳は悔しげに歯噛《はが》みした。

一晩でぐちゃぐちゃに散らかされた鍠牙の部屋にぺたりと座り込み、拳を震わせる。

「初めから、あの惚れ薬は一日で効果が切れるようにできていたんだわ。つまり、その一日で解蠱できなかった私の負けということよ！」

腹立たしさと悔しさを拳に乗せ、己の膝に叩きつける。

「残念だったな、姫。月夜《つくよ》殿が一枚上手だった。からかわれたということだ」

長椅子にのんびり腰かけた鍠牙が楽しげに笑っている。どうやら本心から喜んでいるらしい。何しろ正気に戻った女官たちは、たちまち玲琳から距離をとって近づかなくなってしまったのだから。

そしてとどめは雷真だ。彼は玲琳に一時でも心奪われたことを恥じ入るあまり、腹を切って詫《わ》びると言い出したのである。鍠牙の優しい説得により彼は一命をとりとめたが、玲琳に向ける嫌悪の眼差しはより一層悪化した。もっとも、玲琳は誰に嫌われたところで痛くもかゆくもなかったが。

「おばあさまにお礼の手紙でも差し上げるわ。紙に毒の香でも焚《た》き染めてね」

危険な目で立ち上がり、玲琳はずかずかと足音荒く部屋から出て行った。

鍠牙が一人でくっくと笑っていると、入れ違いに女官が一人入ってきた。

去ってゆく玲琳の後ろ姿を眺め、彼女はすたすたと鍠牙に近づいてきた。

「……陛下は体に異状ないのですか？」

「ああ、ないな」

「……少し診せていただいてもいいですか？」

女官はそっと鍠牙に手を伸ばした。その手が体に触れる寸前、鍠牙は彼女の手を摑んで無理やり長椅子に引き倒した。

「何だ？　今度は直接毒殺でもするつもりか？　月夜殿」

鍠牙は女官の瞳を――光を失い白濁した右の瞳を見下ろし、そう呼んだ。

「妃とすれ違っても彼女はあなたに気づかなかった。また目くらましの術でも使っているのか？　なのにどうして俺には効かないんだろうな？」

「……この術は……長年蠱術に冒された経験のある人間には効きにくいのです……」

確かに以前もそんなことを言われた記憶がある。

「なるほどな、それで惚れ薬も効かなかったのか？」

「……いいえ……それは関係がありません……」

月夜はふるふると首を横に振った。

「ならば手加減でもしたか？」

「……手加減などしていません……私は本気であの術を使いました……玲琳に一日も早く子を産ませたいと葉歌が言うので……依頼を受けました……一日の効果しかない蠱毒でしたが……効き目は絶大なものです……毒に冒された者は極限まで愛情を喚起され……全身全霊で玲琳を求めるようになる……そういう毒でした……あなたは玲琳に夢中になり……葉歌の望み通り子が生まれるはずだったのです……」

「そんなことのためにわざわざ斎からおいでとは、蠱毒の民もずいぶん暇とみえる」

鍠牙が嘲笑してみせると、月夜はふいっと目を逸らした。この女は人と目を合わせない。

「……蠱毒の里はもう斎に残っていませんよ……私たちは先ごろ……この国へ移り住みました……」

思いもよらぬことを打ち明けられて、さすがに鍠牙は驚いた。この恐ろしい女たちがこぞって魁へやってきたなど、本来ならこの国の王として許すべきではない。が、鍠牙はそれを笑み一つで受け入れた。

「そうか、魁へようこそ月夜殿。ずいぶんと行動が早いな」

「……この国には次代の里長がいますからね……次の里長は玲琳です……玲琳は……その次の里長を産まなければなりません……無事に女の子が生まれたら……里がもらい受けます……」

「どうぞ好きにしてくれ。妃があなたたちを受け入れるなら、俺は従うまでだ。そこまでの思いで惚れ薬を仕込んで、それでも失敗したというのは気の毒な話だがな」

からからと笑う鍠牙に、月夜の表情は曇る。見ているだけで気が滅入《めい》りそうなほどに暗い。

「……あの惚れ薬はあなたにも効くように調合してありました……それなのにあなたには効果がありませんでした……とても気持ちが悪いです……だから調べにきたのです……何故あなたにだけ効かなかったのか……」

ただの陰鬱な女にしか見えないというのに、この女はやはり蠱師の女王で、蠱師としての揺るぎない矜持《きょうじ》を抱いているのだ。

「そんなものは俺が聞きたい。俺は間違いなくあの花に触れたが、何の変化もなかったぞ。他の人間は全員毒の餌食になったというのに、俺にだけは効かなかった。俺の体はそんなにおかしいか？　あなたの毒が効かないくらいに？」

鍠牙は皮肉っぽく唇を歪《ゆが》めた。笑っていなければどんな顔になるか想像もつかなかった。この蠱師の女王の毒すら効かぬほど自分が異常であるとは思いたくなかった。

押し倒した月夜の腕を強く摑んでいたせいで、彼女はかすかに顔をしかめた。

そこで鍠牙は人ならぬ者の視線を感じ、背筋が凍った。思わず月夜から手を離す。

この女の体の中には、はたしてどれほどの蠱が潜んでいるのだろうかと不意に思った。

自分は今、この世で最も悍ましいものと対峙している……そう思うと気味が悪い。

「……あなたを殺す意思はありません……今のところは……」

月夜は鍠牙の胸の内を読んだかのように言った。

「……あなたは優秀な種です……だから殺す必要はありません……」

悪びれもせずに淡々とそんなことを——

恐れてもいい場面なのだろうと鍠牙は思った。だが、玲琳が恐れるほど、鍠牙はこの女を恐れてはいなかった。

この女は確かに無数の蠱を操る蠱師の女王なのだろうが——化け物ではない。

「なるほど、優秀な種に異変がないか調べに来たということだな？　それで理由が分かったか？　俺にどうして惚れ薬が効かなかったのか……」

「……分かりましたよ」

月夜は顔色一つ変えずに言いながら、長椅子から身を起こした。

鍠牙の内側を見透かすような目をしている。

「ほう……何故だ？」

「……あなたに伝えても意味がないので言いません……私は理由が分かったので満足しました……帰ります……」

どこまでも自己中心的に話を進め、月夜はすいっと立ち上がる。

挨拶もせず、そのままほてほてと部屋を出て行った。

「何だったんだ……？」

鍠牙は部屋に立ち尽くしたまま、呆然《ぼうぜん》と呟いた。


「里長！　お帰りになるんですか？」

後宮の廊下をてくてく歩いて去ろうとしている月夜を、葉歌が背後から呼び止めた。

森羅《しんら》たる葉歌には目くらましの術が効かず、一目で月夜を見分けることができる。

月夜はぴたりと足を止め、冷ややかな瞳で振り返る。

「……森羅……あなたは愚かなことをしましたね……」

葉歌はぞっとした。彼女の陰鬱な声は聞いているだけでいつも背筋が寒くなる。

「あ、いえ……女官たちに惚れ薬を飲ませてしまったのは事故で……わざとじゃありません」

「……そのことはどうでもいいです……問題なのは……あなたが魁王に惚れ薬を使う必要はなかったということです……」

その言葉に葉歌ははっとする。

「そ、それです。いったいどうして、楊鍠牙には惚れ薬が効かなかったんですか？　里長の蠱毒が効かないなんてありえない！」

葉歌には今でも信じられないのだ。蠱師でも森羅でもないただの王ごときが、何故月夜の毒を退けたのか……

しかし葉歌の動揺に反して月夜はあっさりと答えた。

「……ええ……ありえませんよ……私の毒が効かないなどありえない……私の毒は間違いなく効いていました……」

「効いていた？」

予想外の返答に葉歌は目をしばたたく。

「ですが……楊鍠牙には何の変化もありませんでしたよ？」

「……ええ……私の毒は……その者の恋情を最大限に引き出すものでした……それで

も変化がなかったということは……」

「え？　あ！　それってつまり……」

葉歌は思わず自分の口を押さえた。

「……これ以上好きになる余地がない……ということです……」

断言され、葉歌の頬はかすかに赤らむ。

「……毒もなしに人があそこまで人に溺れられるなど……見たことがありません……あの男はまともではありません……ですからこれ以上あなたが何かをする必要はありません……」

「そっそうですねっ、王様がそんなにもお妃様を想っておられるなら……何も心配することはないですよね」

「……そういうことです……私は帰ります……」

そうして月夜はくるりと踵《きびす》を返した。陰鬱な表情のまま、唇の端にほんのわずか微笑みを乗せる。

「……玲琳は良い種を手に入れました……あの二人の子なら……きっと優れた蠱師になる……」

そう予言し、今度こそ月夜は去っていった。

閑話ノ一

×月×日　晴れ

後宮にいた人たちがお妃様に突然恋い焦がれるというおかしな事件が解決しました。
犯人は葉歌さんだったようです。
葉歌さんは優秀な暗殺者だと聞きますが、あまりそういう風には見えません。
あの人は時々勢いでこのような愚かなことをしでかします。
お妃様は葉歌さんをお怒りになりませんでした。
お妃様はいつもお優しいのです。
そして、いつも私に命令をしてくださいます。
自由になれなどと惨《むご》いことはおっしゃいません。
事件が解決したことで、お妃様と陛下には平穏が戻った様子です。
昼間、毒草園でお妃様が陛下に迫っている場面を目撃しました。
お妃様が陛下を押し倒していました。

陛下は嫌がっているようでしたが、無理矢理《むりやり》お妃様を振りほどこうとはしていませんでした。
仲が良さそうで、私は嬉しく思いました。

×月×日　曇り
今日は、お妃様から事件の顚末《てんまつ》を全て教えていただきました。
朱奈様は惚れ薬のせいでおかしくなっていただけなのだと聞きました。
お妃様が朱奈様と抱き合っていたのを見た時、私はとても傷付きました。
そして傷付いたことを隠しませんでした。
私は朱奈様への想いを、押し隠しておかなくてもいいのだと思えたのです。
私はもう大丈夫なのだなと思いました。
夕食の後、葉歌さんからお世継ぎ誕生のための新たな作戦を相談されました。
葉歌さんは私を苦手だと思っているようです。
私も葉歌さんのことが好きではありません。
私たちはよく似ていると思うのに、本質的な違いが見えて気持ち悪く感じるのです。
私はよく、自分を空っぽだと思います。
そして葉歌さんを見ると、空っぽな人だと思います。

けれど、葉歌さんは空っぽな自分を恥じたり傷ついたりしないのです。
だから私は葉歌さんが嫌いなのだと思います。
けれど、この後宮でお妃様にお仕えする同志には違いありません。
明日は、また二人で新たな作戦を考えるつもりです。

×月×日　曇りのち晴れ

お妃様と出会ってから、私は様々な感情を抱くようになりました。
それまで何も感じないように生きていたのが信じられないくらいです。
私はようやく、ごく普通の人間になったのだと思います。
お妃様と陛下がより親密になることが、今の私の願いです。
ですから今日、陛下に毒を盛ってはどうかとお妃様に相談してみました。
陛下が寝込んでしまえばお妃様がずっと傍にいられます。
陛下はお忙しいので、夫婦で過ごす時間が少ないように思われるのです。
けれど、この提案は却下されてしまいました。
仕事が滞れば臣下たちが困るだろうというのです。
お妃様は本当にお優しい方です。
そしてお妃様は、この案は採用できないけれど、お前のそういうところが好きだと言ってくださいました。

私はとても温かな気持ちになりました。

ただ、お妃様が私の何を好きだとおっしゃっているのかは、よく分かりません。

お妃様が気に入る人たちの共通点は何なのでしょうか?

お妃様はよく、私や葉歌さんを好きだとおっしゃいます。

けれど、陛下のことは愛していないとおっしゃいます。

どうしてお妃様が陛下に愛を差し上げないのか、私にはよく分かりません。

愛していないと言われた陛下は、哀《かな》しいとおっしゃいます。

なのに、時々嬉しそうにも見えます。

もしかすると、私も、葉歌さんも、他のみんなも、お妃様と陛下の関係を正しく理解できていないのではないかと思う時があります。

お妃様は私に多くのものを与えてくれたというのに、私はお妃様に何を返せるのでしょうか?

私には何もできませんが、明日もお妃様がお元気で蟲たちと戯れていらっしゃればいいなと思います。

第二話　夏ノ怪

　生ぬるい風の吹く、とある夏の夜のことでございました……

　廊下を歩いていたところ、背後から不気味な笑い声が聞こえてきたのです。

　恐る恐る振り返りますと、そこには白い影が佇んでいて、わたくしが振り向くとたちまち煙のように姿を消してしまったのでございます。一瞬しか見えませんでしたが、どことなく女の姿だったような……

　驚いて足元を見ますと……廊下には真っ赤な血の跡が……

「ひいいいいいいい……」

　絞め殺されるヤギのような声を上げて葉歌が地面に蹲《うずくま》った。

　場所は玲琳の毒草園、そろそろ日が沈もうという夕暮れ時だ。

　玲琳の前には女官たちが三人佇んでいる。怪談を語ったのはそのうちの一人、おしゃべり上手の寧杏《ねいあん》だ。

「というわけで、お妃様。どうか私たちをお助けいただきたいのです」

寧杏は大真面目な顔で玲琳に詰め寄った。

そろそろ起き始める夜行性の蟲の世話をしつつ話を聞いていた玲琳は、彼女たちの話を頭の中でまとめて首を捻った。

「つまり……後宮に怨霊が出たから退治してほしいと？」

「はい！　その通りですわ！」

目の前に立つ寧杏は拳と声に力を入れた。

事の起こりは一月ほど前、正体不明の白い影が深夜の後宮をうろついていると騒ぎが起きたのが始まりである。

その日から、後宮で頻繁に怪異が起きるようになったというのだ。

この奇妙な噂はたちまち広まり、女官たちは戦々恐々としながら日々を過ごしているのだという。

「真千《まち》、あなたも怨霊を見たの？」

真千と呼ばれた一番年の若い女官は手を握り合わせて頷いた。

「はい、私が見たのも女の姿でした。割れた頭から血を流して、白い衣が血に塗れていて……廊下を歩いていたんです。それが突然、目の前で煙のように姿を消してしまって、後には血だまりが残って……」

「もうやめてええええ！」

葉歌が蹲ったまま頭を抱えて叫ぶ。

怪談を語った寧杏が握り拳で玲琳に詰め寄った。

「こんな風に、皆が恐れているのですわ。どうか私たちをお助けください。お妃様なら怨霊なんて一撃でやっつけられますでしょう？　だってお妃様ですもの！　わたくしたちはこのままじゃ、怖くて怖くてまともにお勤めできませんわ。どうか怨霊を退治してください」

何たる無責任な信頼！

必死な女官の懇願を受け、玲琳はやれやれとため息をついた。

「くだらないわね……怨霊などというものがいるはずないでしょう？」

すると怨霊を目撃したという真千が妙に怖い顔をした。

「お妃様、そんなことを言ってはいけません。魁には昔から、夏の一時死者の魂魄《こんぱく》が現世に戻って怨霊となり、人を呪うという言い伝えがあるんです。怨霊に祟《たた》られてしまうかもしれません」

その言葉に、地面で芋虫めく葉歌はまた呻いた。しかし玲琳はそんな脅しに屈することもなくかぶりを振った。

「そんなものは迷信よ。怨霊などいるはずがない。そもそもお前たちは怨霊の恨みを買う心当たりがあるというの？」

じろりと女官たちを睨む。すると、一番年かさの女官である水沙《すいしゃ》がむむっと口を歪め、実は……という風に身を乗り出した。

「こんなことは言いたくありませんが……この後宮で以前お亡くなりになった女性の怨霊ではないのかという噂がありますわ」

「この後宮で死んだ女……？」

それはもしやと玲琳は眉を顰めた。ここで死んだ女の話というと、玲琳は一つしか知らない。

玲琳の表情から察したか、年かさの女官は強く頷いた。

「その怨霊というのは、明明様《めいめい》なのではないかと」

明明というのは玲琳の夫である鍠牙の昔の許嫁《いいなずけ》で、鍠牙を庇《かば》ってこの後宮で死んだ女だ。

「……お前たちは、明明に恨まれる心当たりがあるの？」

明明の死因を知る者はほとんどいないはずだが……

訝《いぶか》る玲琳の視線を受け、後宮勤めの長い水沙は複雑な表情を浮かべた。

「恨まれる覚えはありませんけれど、あの明明様ですから……」

「あの――というと？」

「この世のたいていの問題は暴力で解決できる――と豪語していたあの明明様ですか

ら、怨霊になってもなんだか納得というか……」

どんな女だと玲琳は密《ひそ》かに呆れた。

玲琳が呆れていると、おしゃべりな寧杏がずいっと前に出てくる。

「ともかくこの後宮には、お妃様以外怨霊に立ち向かえる者などおりません。どうか私共をお助けください！」

真摯にすがられ、玲琳は軽く額を押さえた。彼女たちは玲琳をいったい何だと思っているのだ。

「言っておくけれど、私は蠱師であって怨霊退治をするような呪い師ではないのよ」

「どっちも似たようなものではありませんか！」

嚙《か》みつくように言われ、玲琳は一瞬ムカッとしたが、彼女があまりに必死なので咎め立てはしなかった。

「分かったわ。本当に怪異があるのかどうか、私が確かめてみよう」

鷹揚《おうよう》に言ってみせると、女官たちはぱっと顔を輝かせて深々と礼をした。

そうして彼女たちが立ち去ると、地面に蹲っていた葉歌が顔を上げた。

「お妃様……ほ、本気ですか？　怨霊退治だなんて……」

真っ青な顔でがたがたぶるぶる震えている。

「お前、怨霊が怖いの？」

玲琳はいささか意外に思いながら聞く。葉歌は涙目になりながらバシバシと地面を叩いた。

「当たり前じゃないですか！　だって怨霊は……剣で斬れないんですよ!?　戦いようがないじゃないですか！」

予想外の答えに玲琳は目を真ん丸くした。葉歌にとって恐怖の基準はそこにあるのか。確かに斬ることはできないなと少し感心してしまう。

「お妃様は怖くないんですか？」

信じられないというように聞かれて、玲琳は顔をしかめた。

「怖くなんかないわよ。ただ、嫌いなだけ」

「……何ですか、それ。あれですか？　本当は怖いのを嫌いだと言ってごまかすみたいなやつですか？」

「怖くないと言っているでしょ、嫌いなだけ。怨霊などいるはずがないのだから、その正体を暴いてあげるのよ。私の庭で好き勝手できないようにね」

玲琳はふんと鼻息荒く宣言する。

「……うっかり呪い殺されたりしないでくださいね」

葉歌は座り込んだまま心配そうにそう言った。

その夜のことである。

「明明という女は怨霊になって人を呪い殺すような類の女だった？」

夕食の席で玲琳は唐突に聞いた。

聞かれた夫の鍠牙は一瞬ぽかんとして、剣呑《けんのん》な目つきになる。

「何があった？」

「後宮に明明の怨霊が出るというのよ。私がそれを退治することになったの」

「……くだらなすぎて言葉が見つからんな」

鍠牙はため息まじりに言う。

「そうね、私もそう思うわ。怨霊などいるはずがない。絶対いない。断じていない。そんなことは分かりきっているのよ」

玲琳があまりにも強く断言するので、鍠牙は意外そうな顔になった。

「珍しいな、あなたがそういう物言いをするのは。何か嫌な思い出でもあるのか？」

鋭く突かれ、玲琳はふんとそっぽを向いた。

「馬鹿馬鹿しい迷信だと思っているだけよ。怨霊などというものを信じて一喜一憂するのは阿呆《あほう》の所業だわ」

「蠱師が怨霊を迷信だと切って捨てるのも変な話だ。まさか……本当は怖いと思ってるんじゃないだろうな？」

鍠牙は少し面白くなったのか、にやにやしながら問いかける。

「違うと何度言えば分かるの」

「俺は一度しか言ってない」

即座に切り返され、玲琳は返す言葉を失った。

「とにかく怨霊退治をするんだろう？　まあせいぜい頑張ってくれ」

鍠牙は楽しげに笑いながら玲琳を眺めていた。


「で？　どうしてお前まで来るのよ」

深夜、人々の寝静まった後宮の廊下の陰で、玲琳はひそひそと問いかける。

同じく廊下の陰に身を潜めているのは、せいぜい頑張れと玲琳を送り出したはずの鍠牙である。二人して、目立たぬ隙間に隠れているのだ。

「姫がいないと退屈だからな。ここが怨霊の出没現場なのか？」

彼は陰から顔を覗かせ、きょろきょろと辺りを見回した。

「ええ、この辺りで何度も目撃されているようよ。ぼんやり白い女の姿と、不気味な笑い声、それから廊下に残る血痕……」

今ではみな怖がって、ここには近づかぬという。

「俺もこの辺りはあまり来ないな。衣類の収めてある倉庫部屋だったか……？」

「さあ、知らないけれど……お前は怨霊が怖くないの？」

鍠牙が声を潜めながらも妙に楽しげなので、玲琳はちらと振り返った。

玲琳のすぐ後ろに隠れている彼は、問われて小さく笑った。

「怨霊が？　ははは……怨霊なんて……怖いに決まっているだろ」

軽やかなその笑みに玲琳はぞっとする。

「俺のせいで死んだ人間たちが怨霊になって現れたりしたら、俺は命を差し出す以外にどうしたらいいのか分からんよ」

まるで冗談のように容易く、彼は己の命を天秤《てんびん》に乗せたがる。

「そう……でもダメよ。これは私のものだから、怨霊などに渡してはいけないよ」

玲琳は暗がりでうっすらと笑い返し、彼の心臓をとんと指で突いた。

「ああ、分かってるよ。この心臓をえぐっていいのはあなただけだ、俺の姫」

彼が渋々承諾したその時——

ふふふふふ……とかすかな笑い声が辺りに響いた。

「……きた」

玲琳はぐっと体に力を込めた。それに反応して胸元から怪しげな色の毒蛇が覗く。

「正体を見せてもらうわよ」

そう呟いて陰から飛び出し、辺りを見回す。その一点に玲琳は視線を引き寄せられた。暗い廊下の向こうに、ぼんやりと白い影が揺らめいている。目を凝らしてみると、それは白い衣をまとった女の姿だった。ところどころ血に濡《ぬ》れ、しどけなく乱れたその衣装は、王宮に勤める女官のそれではない。白い女は暗闇をふらふらと歩き、そして突如姿を消した。

「え、消えた？」

思わず呟く玲琳に、後から出てきた鍠牙が言う。

「いや、あそこは曲がり角がある」

「じゃあ曲がったのかしら」

言って玲琳は走り出した。白い女の消えた曲がり角へと駆け込む。が、目の前の光景に急停止した。

「何だこれは……」

後から追ってきた鍠牙も、呆然と呟く。

曲がった廊下の先には建物の外へ出る扉があった。

そしてその扉には……血のように真っ赤な手の跡が一面についているのだった。

「う……ぎゃああああああ！」

　そこで突如背後から悲鳴が上がり、玲琳と鍠牙は飛び上がるほど驚いた。同時に振り向くと、いつの間にか後ろにいた女官の葉歌が恐怖に顔を歪めてへたり込んでいる。どうやら玲琳に危険が及ばないよう近くで監視していたようだが、感謝するには頼りがいがいささか欠けているように思われた。

「何ですかそれ何ですか！　やだ呪われる！」

　葉歌は頭を抱えて喚《わめ》いた。

「何なのかしらね」

　玲琳はそれでむしろ冷静になり、扉に塗りたくられた赤い手形に軽く触れた。その赤いものを慎重に指先ですくい、匂いを嗅ぎ、何げなく舐めてみる。

「ちょっ……！　馬鹿じゃないんですかお妃様！　怨霊の血を舐めるなんて信じられない！　呪われても知りませんよ！」

　葉歌の喚き声を無視して、玲琳は舐めとった赤いものを舌で転がす。

「ふうん……なるほどね」

「何か分かるのか？」

　軽く腕組みして聞いてくるのは鍠牙だった。

「お前も舐めてみれば分かるわよ」

　玲琳はもう一度壁の手形に触れると、赤いものをなぞって指先を彼の眼前に差し出した。鍠牙は一考し、その指先を口に含む。

「……ああ、なるほどな」

彼は納得したように頷いた。

葉歌は二人の行動を見て、信じられないというようにかぶりを振っている。

「あの女は外へ消えたのかしらね」

「死人の世界に消えたんですよ……こんな手形、今の一瞬でつけるなんて怨霊じゃなくちゃできませんもの」

葉歌がわなわなと震えながら玲琳の疑問に答えた。

玲琳は彼女の言葉を無視して思考を巡らせる。

「そうね、こんなもの一瞬で用意するのは無理だわ」

「ほら！　やっぱりあれは怨霊なんですよ！」

葉歌が涙目で玲琳の服の裾を引っ張る。

「とにかく後を追ってみましょう。外へ出るわよ」

玲琳は葉歌の手を払って、おどろおどろしい手形のついた扉を開けようとした。が、足を踏み出した途端、ずるっと何かで足を滑らせる。踏ん張る間もなくひっくり返り、ゴツンと頭をぶつけてしまった。

気が付くと、玲琳は鍠牙の部屋の寝台に横たわっていた。部屋の明るさから夜が明けているのだと分かる。

「おはよう、姫。頭に異状はないようだな」

傍らの椅子に腰かけていた鍠牙が安堵《あんど》したように言った。どうやら玲琳が目を覚ますまでずっとそこにいたようだ。

「……何がどうなったのだったかしら？」

何故いきなり自分がここで寝ているのか、玲琳は摑みかねていた。

「あなたは足を滑らせて転んで頭を打って気を失った」

端的に説明され、玲琳はようやく昨夜のことを思い出した。

のそのそと起き上がり、寝台の下に置いてある自分の靴に手を伸ばす。裏返して靴底を見てみれば、そこには赤いものがついていた。これを踏んで足を滑らせてしまったのだ。玲琳が状況を把握したと見た鍠牙は、ごほんと一つ咳払いした。妙にわざとらしいその音に、玲琳はちらと顔を上げた。

「姫、すぐに分かることだから先に言っておく」

「何？」

嫌な前置きに警戒心を刺激されながらも玲琳は先を促した。

「王宮では今、すごい勢いでとある噂が広まっている」

「怨霊が出たというのでしょう？」

何を今更と玲琳は鼻で笑った。しかし鍠牙は白々しいくらいに痛ましい顔を作ってかぶりを振った。

「いいや、今朝からすごい勢いで王宮に広まっている噂というのはな、お妃様が蠱術で怨霊と戦って負けて倒れた――というものだ」

玲琳は目を皿のようにして固まった。しばし理解を拒んだ頭がようやく現実を受け入れると、今度は剣呑に目を細めた。

「なんですって……？」

「お妃様が蠱術で……」

「誰がもう一度説明しろと言ったのよ」

じろりと睨まれた鍠牙は、たまらなくなったのか笑い出した。

「ははは！　とんだ噂が立ってしまったな、まあ怒るな」

「誰がそんな馬鹿げた噂を広めたというの」

その張本人を縊り殺してやろうとでもいう危うい目つきで玲琳は聞く。

「あなたを心配した葉歌が昨夜の話を周りの女官たちにしていたところは目撃済みだ。あれからあっという間に噂が広まったから、つまりそういうことなんだろう。悪意はないから許してやってくれ」

軽やかに言う鍠牙と対照的に、玲琳は据わった目でぶるぶると拳を震わせた。

蠱師が怨霊に負ける……？　何たる屈辱、何たる恥！

こんな噂を流した輩《やから》など息の根を止めてやりたい思いだったが、

「……分かっているわよ。葉歌は私を心配しただけなのでしょう」

玲琳は強い息を一つ吐いて、怒りを体の外へと逃がした。

「くだらない噂は私の手で鎮めるわ」

「どうやって？」

「無論怨霊を捕まえるのよ」

「どうやって？」

「怨霊を……呪うわ」

玲琳はにやりと危険な笑みを浮かべてそう宣言した。その直後、

「いけませんわ、お妃様！」

ズバーンと部屋の戸が勢いよく開かれ、葉歌が不躾《ぶしつけ》に駆けこんできた。

「何考えてるんですか！　馬鹿ですか！　怨霊を呪うだなんて呪われますよ！　昨夜みたいにまた倒れる羽目になったらどうするんですか！」

玲琳はじろりと葉歌を睨み返した。

「問題ないわ。あの怨霊は私を呪ったりなどしない」

「どうしてそんなことが分かるんです？」

「簡単なことよ、あの怨霊は生きているもの」

「……なんですって？」

葉歌は唖然《あぜん》として棒立ちになり、何とも言えない複雑な表情を浮かべた。

怨霊を恐れている彼女からすると、喜んでいいのか嘆けばいいのか判断に苦しむところなのかもしれない。

「何度も言ったわ。怨霊などいない。そんなものはありえない。あれは怨霊の振りをしただけの生きた人間よ」

「……そんな……だって……あんな手形、一瞬でつけるなんてできますか？」

「一瞬では無理でしょうね」

「だったら！」

「だから――きっとあらかじめ用意してあったのよ。単純な話だわ」

その説明に葉歌は目を真ん丸くした。

玲琳はすかさず畳みかける。

「あれは怨霊の血などではないわよ。あれは果物の汁だった」

「……へ？　果物の汁？」

「ええ、とても甘かったわ」

玲琳は軽く舌を出した。

「これで分かったでしょう。あれは生きた人間の仕業なのよ」

「でも……いったい誰がこんなこと……」

「怨霊の噂で、あの辺りには人が近づかなくなっていたと聞くわ。それなのに、怨霊は手形を用意して人が来るのを待っていた。私が怨霊退治を引き受けたこと、あの怨霊は知っていたということね」

「そ、それって……」

葉歌が玲琳の言いたいことを察して息を呑《の》んだ。玲琳は深く頷き先を続けた。

「私に怨霊退治を依頼してきた女官たちの中に、怨霊がいるのではないかしら。だから先回りして私たちを脅かす用意ができた」

「でも……それっていったい、何のために？」

「そうね……私に怨霊の姿を見せて、何がしたかったのかしらね……。そもそも、何のために怨霊の噂など立てる必要があったのかしら……」

玲琳と葉歌が考え込んでしまうと、黙って見守っていた鍠牙が不意に口を挟んだ。

「今のこの状況が、犯人にとって何らかの好都合なことがあるからだろう」

「今の状況？　私が不名誉な噂を立てられて屈辱に震えているこの状況が？」

玲琳はじろりと夫を睨んだ。鍠牙は苦笑しながら首を振った。

「みんなが怖がってあの一角に人が来ないということが。頑《かたく》なにあの辺りで怨霊騒ぎを起こし続けていたということは、人を近づけさせたくなかった理由でもあるんじゃないのか？」

その答えに玲琳は目をぱちくりとさせる。

「なるほど……人払いが目的だったというわけね？」

「ああ、あなたでも怨霊退治ができなかったとなれば、みんなますます怯《おび》えて近づかなくなるだろうからな」

「へーえ……私をそれに利用したというわけ。あんな所から人払いして何の意味があるというのかしら」

そもそもそれほど普段から人が多い場所とは思えなかったが。すると、恐る恐るという様子で葉歌が手を上げた。

「あのぅ……私、思い出してしまったんですけど、あの辺りって、倉庫部屋が多いじゃないですか？」

「そうなの？」

「そうなんですよ。それで、前に聞いたんですけど……」

そこで葉歌は言《い》い淀《よど》み、かすかに頬を赤らめた。

「秘密の恋をしている女官や衛士《えいし》が、人気《ひとけ》の少ない倉庫部屋を時々逢引《あいびき》に使ってるって噂があるんですって」

それを聞き、玲琳と鎧牙は同時に顔を見合わせた。

「ああ……なるほどね。逢引をしやすくするために、人を遠ざけたかったということなのね」

それが動機なら至極納得できる。

「あれほど面倒な手間をかけてまで人を遠ざけたかったということは、よほど人に知られたくない相手と逢引をしているのかもしれないわね」

「やだ、もしかしたら……不倫とかしちゃってるのかもしれませんわね！」

葉歌が非難の響きを口の端にのせながら、瞳に好奇の光を宿した。

「そうかもしれないわね。どちらにしてもこのまま放っておくことはできないわ」

「そうですよ、ふしだらなことをしている犯人を捕まえなくちゃ！」

「それは別にどうでもいいけれど、蠱師が怨霊に負けたなどという戯《たわ》けた噂を払拭しなければならないからね」

「いえ、それはむしろお妃様のヤバさを薄めるために効果的な噂だと思うんですけど……いえ、まあいいです」

葉歌は誤魔化すように咳払いした。

「それにしても……本当に生きた人間の仕業なんですね」

急に力が抜けたのか、溶けるようなため息を吐く。

玲琳はやれやれと肩をすくめた。

「言ったでしょう？　怨霊などいないと」


身支度を整え、玲琳は背筋を伸ばした。

「さて、怨霊を呪いに行きましょうか」

そう宣言して、再び人気のない怨霊の目撃場所へと向かう。

鍠牙は玲琳の無事を確かめるといつも通り仕事へ向かってしまい、同行したのは女官の葉歌と側室の里里だった。

「どうやって呪うのですか？」

いつも通りの無感情で里里が聞いてくる。

玲琳は後宮の廊下をすたすたと歩きながら答えた。

「あの手形を使うわ。あれは怨霊が己をかたどったもの。怨霊に繋がる呪物になり得るのよ」

「うえっ！」

途端、先頭を歩いていた葉歌がものすごい勢いで振り返った。形相もものすごい。

「どうしたの？」

玲琳はだらだらと冷や汗をかいている葉歌を心配して問うた。

「いえ、その……あの手形は気持ち悪かったので……お妃様が気を失っている間に片付けてしまいましたわ」

気まずそうな葉歌の告白に、玲琳は仰天する。

「片付けたの!?」

「……はい、きれいさっぱり片付けてしまいました」

「ああ、そう……それなら仕方がないわ」

玲琳は深いため息とともに最も重要な手掛かりを諦めた。

「ええと、それじゃあどうしましょう？」

葉歌が心配そうに聞いてくるので、再び思案し、答えを出す。

「ならば他の手掛かりを見つけるしかないわ。怨霊の髪の毛、持ち物、それらが残されている可能性がある場所を探しましょう」

「そんなところがありますか？」

「怨霊が頻繁に逢引をしていたのなら、どこかの部屋に何か残っている可能性はあるわ。それを探すのよ」

「ああ！　そうですね。忘れ物なんかがあるかもしれませんものね」

「ええ、どの部屋で逢引をしていたのか分からないから、手分けして探しましょう。怨霊の持ち物と思《おぼ》しきものがあったら何でも構わないから持ってきてちょうだい。髪の毛一本でも構わないわ」

「了解しましたわ、お妃様」

「承知しました、お妃様」

女官と側室は承諾し、それぞれ分かれて辺りの倉庫部屋へと入って行った。残った玲琳はさてと考え、近くの部屋の戸を開けようとする。しかし、そこで妙な視線を感じ、はっと振り返った。

一瞬、廊下の向こうに人影が見えたような気がした。

「……だれ？」

囁《ささや》くように問いかけるが、返事はない。

玲琳は人影が消えた方へとゆっくり歩きだした。

近づいてみると、そこには半分扉の開いた部屋の入り口があった。物陰になっていて、あまり人が近づいていないと思しき部屋だ。中へ足を踏み入れてみると、そこは段差があって半地下になっていた。

小さな明かり取りの窓が一つあるが、手の届かぬ場所にあって外は見えない。

玲琳がそっと部屋の中へ降りると、途端に背後で扉が閉まった。驚いて振り向くと、硬い木の音が聞こえ、バタバタと走って逃げる足音がする。

玲琳は段差を上がって部屋の戸を開けようとしたが、閂《かんぬき》か何かかけられたようで扉はびくともしなかった。閉じ込められてしまったのだ。

玲琳は様々なことに呆れ果てて、深々とため息をついた。

こんなくだらない手であっさりと閉じ込められてしまった自分にも呆れたし、無意味なことを繰り返している怨霊にも呆れていた。

玲琳が戻らなければいずれ葉歌と里里が捜しに来るだろう。玲琳をこんなところへ閉じ込めて、あの怨霊は何を得るつもりなのか……

ふんと鼻を鳴らしながら、玲琳は傍にあった荷物に腰かけた。

大声を上げて今すぐ人を呼ぶべきか、それとも誰か捜しに来るまで待つべきか……思案していると、不意に鍠牙の顔が頭に浮かんだ。玲琳がいなくなったと知れば、彼はすぐさま玲琳を捜しに来るだろう。そしてまんまと閉じ込められた玲琳を見つけた途端、厭味《いやみ》ったらしい笑みを浮かべるに違いない。

その時、ふと全身が粟立《あわだ》った。奇妙な悪寒に玲琳は思わず立ち上がる。体に潜む毒蟲たちが、ざわざわと警戒している。

「何？　どうしたの？　何が起きているの？」

玲琳は胸を押さえて蟲たちに問いかけた。

ざわめきはどんどん強くなる。危機感と焦燥感が募る。何かあったのだ。

玲琳の蟲たちはみな玲琳の血で繋がっている。遠く離れていても、お互いの存在を感じ取ることができる。毒草園の蟲たちに、何かがあったのかもしれない。

毛が逆立つような恐ろしさに突き動かされ、玲琳は扉に取り付いた。

がたがたと押したり引いたりして扉を開けようとするが、がっちりと下ろされた門に阻まれて扉は全く開かない。

「誰か！　誰か来なさい！　ここを開けて！」

玲琳は鋭い声で叫んだが、近くには誰もいないらしく助けが来る気配はない。一番頼れるのは葉歌だが、どうやら遠い部屋を捜索しているとみえて声は届かないようだ。

玲琳はぎりぎりと歯噛みしながら扉を開こうと奮闘した。無論玲琳は怪力の持ち主でも何でもなく、閉ざされた扉をぶち破る力などありはしない。それでもじっとしていることはできず、顔を真っ赤にしながら思い切り扉を押した。

するとその時、突然けたたましい音と共に閂がへし折れて、扉が外へと開いた。

玲琳は転がるように外へ出て、呆然と壊れた閂を見た。

真っ二つに割れた閂はとても非力な女が破れるものではなく、最初から何かしらの仕掛けが為《な》されていたのだと思われた。閉じ込められたことも、また解放されたことも、玲琳を怯えさせる罠《わな》だったのかと思うと、何やら猛烈に腹が立ってきた。

そもそも何故自分がこのようなことをせねばならぬのか……玲琳は蠱師であり、蠱病や蠱毒に関わることが役目なのだ。断じて怨霊退治を生業とはしていない。

ばんと床を叩きながら玲琳は立ち上がった。廊下を駆け抜け、庭園へ飛び出し、愛しい蟲たちの安らぐ毒草園へと駆けてゆく。

息を切らしてたどり着くと、その足音に驚いて一人の女が振り返った。

毒草園の前で、その女は小さな松明《たいまつ》を手にしていた。

「お前……私の毒草園で……何をしようと……いうのかしら！」

玲琳は息切れしつつ問い質す。

松明を持った女——女官の真千が信じられないものを見るような目で玲琳を睨んでいる。

玲琳に怨霊退治を依頼してきた女官たちの一人。玲琳に顔を覚えられる程度には毒を秘めた女。

「お妃様……出てきてしまったんですね……」

真千は悔しげに唇を噛んだ。

「ええ、出てきたわよ。呼ばれたからね。私の蟲たちに何をしようとしているのかしら。勝手に触れたら殺すわよ」

玲琳は怒りをあらわに彼女を脅す。袖口や胸元から蟲たちが覗く。真千は怯えたように一歩下がり、しかしぐっと踏みとどまった。

大事なもののためにこれ以上は引けないという覚悟のようなものが見て取れた。

「怨霊騒ぎはお前の仕業ね？　倉庫部屋の一角から人を遠ざけようとした。誰かと逢引でもしていたのかしら。道ならぬ相手とでも？」

玲琳は鋭く追及した。たちまち真千は顔色を変え、持っていた松明を毒草園に向かって投げつけようとした。

「おやめ！」

玲琳はとっさに叫び、真千へ飛び掛かっていた。

折り重なるように二人で地面に倒れ込み、投げ出された松明を袖で叩き消す。布の焼ける匂いがして火が消えるのを確かめると、玲琳はほっとして身を起こした。

「よくもふざけた真似《まね》をしてくれたわね。私の蟲たちを殺すつもりだった？　いったい何のために？　目的をお言い！」

険しい目つきで真千を見下ろす。

真千はぶるぶると震えながら玲琳を睨み上げた。

「あの人のためなら……私はどんなことでもするつもりですから……」

「そう、殊勝な心掛けね」

「……日陰の身でも構わなかったんです。あの人には立場がある。私が日の目を見る日がこないのは分かってました」

真千は現実ではない場所を見るような目で虚空を見上げながら零した。言ってはいけないことが、溢《あふ》れて止まらなくなったかのようだった。

玲琳が黙って彼女を見下ろしていると、その独白は続いた。

「傷が……あるんです、腕に。酔った父につけられた火傷《やけど》です。醜い傷痕……見た人は嫌な顔をします。だけど……あの人だけは違った。慣れない王宮勤めで緊張して、倒れてしまった私を抱き起こしてくれた時、あの人はこの傷を見たんです」

真千は倒れたままゆっくり腕を持ち上げた。袖がめくれ、覗いた腕に火傷の痕が残るのを玲琳は見た。

「火傷を見たその男はどうしたの？」

玲琳の問いかけを受け、真千の頬にわずかな赤みがさした。

「……嫌な顔一つしないで微笑みかけてくれました。男の人に、優しくされたのは生まれて初めてだったんです」

「そう……」

相槌《あいづち》を打ちながら玲琳は内心苛々《いらいら》し始めていた。玲琳が知りたいのは蟲たちを狙った理由であって、この女と逢引相手の馴《な》れ初《そ》めではない。そんなことには興味の欠片もない。後宮で逢引していたのだから相手も王宮勤めをしている男なのだろうが、玲琳は顔を見たことがあっても全く覚えていないだろう。王宮勤めをしている者の中で玲琳がはっきりと顔を認識できる男といえば、親しくしている医師たちくらいのものである。

いや……もう一人いた。鍠牙の側近を務めている姜利汪だ。あの男はいつも鍠牙の傍にいて毎日顔を見ているので、さすがに玲琳も記憶していた。

まさかあの男では……と、一瞬嫌な予感がするものの、堅物の利汪が王宮で女官と逢引しているなどとはとても思えない。

十中八九逢引の相手は玲琳の知らぬ男であろうから、興味など持ちようがないのだった。

「それから……私とあの人は時々隠れて会うようになりました。人に知られたら大変なことになります。倉庫部屋で何年も密会を続けました。けれど……最近人に見つかりそうになって……倉庫部屋から人を遠ざけなくちゃと思ったんです」

「それで怨霊騒ぎを？」

「みんなが怯えれば人が来なくなると思いました」

何という短絡的な思考だと玲琳は呆れた。変な噂に引かれて人が寄ってくることもあるだろうに。実際玲琳はその噂のせいで怨霊退治を頼まれて……そこまで考え、はたと疑問に思った。

怨霊退治を頼んできたのはまさにこの女ではないか。

「人を遠ざけたかったのなら、何故私に怨霊退治をさせようとしたのよ」

明らかにおかしいではないか。

「……あの人のためです」

「お前の男は、私が怨霊退治をして得をすると？」

「はい、そうです」

玲琳には全く理解不能だったが、倒れたまま起き上がろうとしない真千は確信と覚悟に満ちた目を宙に据えている。

「お妃様が怨霊退治に夢中になれば、隙ができると思いました。その隙に、私がお妃様の虫を始末できると思いました。あの人の望みを叶《かな》えたかった」

その言葉を聞いた途端、玲琳の眉は剣呑に跳ね上がった。

「それが目的だったということ？　お前の男が私の蟲を嫌っているから、そのために蟲を始末しようとしたと？　忠告しておくけれど返答には気をつけなさい。返答如何《いかん》で、私はお前を殺すかもしれないわ」

玲琳は低く抑揚のない声で殺意を告げると、真千の首に軽く手をかけた。その袖口から怪しげに目を光らせる蟲が覗く。

　真千はその手を振り払い、勢いよく起き上がると決死の形相で玲琳を睨んだ。

「あなたはそうやってあの人のことも脅しているんですね！」

　厳しく非難され、しかし心当たりがありすぎるようで全くない玲琳は訝しげに眉を顰める。

「あんなに優しい人を、恐ろしい毒で苦しめているんでしょう？　あの人がどれだけあなたに苦しめられているか、私だけは知っています。私は……あなたからあの人を解放したいんです」

　玲琳はもう訳が分からなくて何も言えなくなった。

　あの人……あの人とは誰だ？

　玲琳が毒を飲ませた相手はたくさんいる。玲琳を恐れている男もたくさんいる。玲琳を災厄の権化と思い嫌っている者も数限りなくいるだろう。しかしこの王宮内に玲琳をここまで恨んでいる男などいるだろうか？

「何かの勘違いではないの？」

　思わず疑《うたぐ》る言葉が出た。

「責任逃れをなさるおつもりですか？」

「お前の男に心当たりがなさすぎる」

「そうやって逃げるんですね。国を背負って日々戦っているあの人を、これからも苦しめ続けるというんですか」

国を背負って——という言葉に、玲琳はんん？　と首を捻った。

「一国の王であれば望まない相手とも結婚しなくてはなりません。だからといって、こんな恐ろしい女性を妻にするなどあまりにも憐れです」

ちょっと待て、この女は何を言っている。

「こんな私でも日々の慰めになればと思ってきました。私のような卑賤《ひせん》の娘が表に出ればご迷惑がかかるでしょうから、日陰の身でも構わなかった。けれど、この蟲たちがいなくなるだけで少しでもあの人が救われるなら、私は……」

「お待ち。一つだけ答えて」

玲琳は我慢できずに遮った。

「何でしょう？」

「お前が逢引していた男というのはいったい誰？」

「お妃様が一番よくご存じの方……私が密会していた相手は、楊鍠牙陛下です」

人は驚きすぎると何も反応できなくなるのだということを、玲琳はこの瞬間知った。

季節外れに寒々しい空気が毒草園に流れる。しばし両者が沈黙していると、

「姫、ここにいたか。怨霊は無事に捕まえたか？」

軽やかな声と共に一人の男が歩いてきた。

見るまでもなく分かる。今話題に上っていた当人だ。

じろりと振り向くと、鍠牙は葉歌と里里を従えていた。

「お妃様！　なに勝手にいなくなってるんですか！　こっちは必死で犯人の手掛かりを探してたっていうのに！」

葉歌はぷんすか怒りながら文句を言う。里里は無表情の中に少しだけほっとしたような空気を纏《まと》わせていた。

ちらと傍らを見れば、真千は夢見るような瞳で鍠牙を見つめていた。

「どうした、姫？」

ただならぬ気配を感じたか、鍠牙は腕組みして聞いてくる。

玲琳は一考し、率直に尋ねた。

「この女がお前と頻繁に逢引していると証言しているわ。相違ない？」

「…………は？」

豆鉄砲を喰った鳩《はと》よろしく、鍠牙はぽかんと口を開けた。

付き従っていた女官と側室が、ばばっと同時に彼を見た。汚らわしい者に向けるあからさまな非難の眼差し。それを受けて鍠牙はますます狼狽《うろた》えた。

「何の話だ？」

その言葉に真千は酷く傷ついた顔をして、しかし諦めたように俯《うつむ》いた。

「やはり私は陛下にとって……隠しておきたい存在なのですね……。いいんです、それでも私が陛下をお慕いしていることには変わりありません」

悲劇に出てくる儚《はかな》げな主人公のごとくゆるゆると首を振る。

「王様……これはいったいどういうことでしょう？　ことと次第によっては斎の彩蘭《さいらん》様にご報告することになりますよ」

妙に威圧感のある声で葉歌が問い質す。

鍠牙は困惑顔で葉歌を見返し、傍らに佇む凍《い》てつく瞳の里里を見やり、打ちひしがれて跪く真千を見下ろし、最後にその傍らで答えを待っている玲琳を見た。

彼はしばし玲琳を見つめ、一瞬視線を巡らせ、突然真剣な顔になった。

「すまない、今まで言えなかったんだが実は彼女と以前から……」

重々しく語りだした鍠牙に、その先を想像した葉歌は驚愕《きょうがく》の表情を浮かべ、里里は険しく眉を顰めた。

そして玲琳は——

「鍠牙、おやめ！」

鋭く夫を叱責した。妻の言葉を受けて彼はぴたりと口を噤《つぐ》んだ。

玲琳はゆっくりと立ち上がり、鍠牙を厳しく睨みつける。

「私はお前が、幾人側室を持とうが何とも思わない。欲しい女を欲しいだけ、寝所に侍《はべ》らせればいいわ。私の庭の中でなら、お前は誰に触れても構わない。だけど……みだりに女官を傷つけるのはおやめ」

玲琳は彼を己の所有物と思っている。故に、己の知らぬ場所で誰かに奪われるのは不快である。しかし己の支配領域でさえあれば、彼が誰と何をしようと構わない。誰にどれだけ触れたところで、この男は玲琳のものなのだから。

だが、それは玲琳の守るべきものを好き勝手に傷つけていいという意味ではない。きつく咎められた鍠牙の口元がかすかに弧を描く。彼は玲琳の想いを的確に察したことだろう。玲琳は表情を緩めることなく続けた。

「私はこの後宮の主で、ここに勤める者たちを守る責務がある。お前が彼女たちを傷つけることを、私は許さないわ。つまらない悪戯《いたずら》心で嘘を吐くのはやめなさい」

「俺はまだ何も言っていないぞ」

くっくと笑いながら鍠牙は言った。

「だけど嘘を吐こうとしたね？　その嘘はこの女を傷つけるわ」

玲琳はふんと鼻を鳴らす。近頃ますます嘘吐きになったこの男のせいで、玲琳は嘘を見抜くことがますます上手くなってしまった。

「本当のことをお言い。この女はお前の何？」

問い質す玲琳に、鍠牙は軽く腕組みして首を傾げた。

「何と聞かれてもな……何でもないとしか言いようがない。ただ後宮に仕えている女官だ。それ以外のことは何も知らんよ。俺はお前に何かしたのか？」

最後の疑問を真千に向かって投げかける。

問いを受け取った真千は愕然と鍠牙を見上げる。

「覚えて……いらっしゃらないのですか？　陛下は私の傷を見ても嫌な顔一つせず、優しく笑いかけてくださいました」

袖口から火傷の痕を覗かせ、すがるように訴える。途端、鍠牙の表情がかすかに変わった。

「ああ……あの時の女官か。もちろん覚えている。後宮へ勤め出したばかりで酷く緊張していたな。倒れてしまった時は心配したが、あれからしっかり勤めてくれているようで頼もしく思う」

そう言って、彼は真千ににこりと笑いかけた。真千が歓喜に瞳を震わせる。

「はい……陛下はいつもそのお優しい笑顔で私を励ましてくださいます」

両者のやり取りに、玲琳は思わず頰を引きつらせた。優しく微笑んでいる鍠牙をじっとりと睨む。

他の女にこんな優しい笑顔を見せるなんて……と腹を立てたわけではない。

こんな胡散臭《うさんくさ》い笑顔で無垢《むく》な娘を騙《だま》すなんて……と憤ったのだ。

玲琳はこの後宮の女官たちをそれなりに大切だと思っている。この愚かで無情な男の餌食にするなどありえないと思っている。そもそも顔一面に嘘と書いてあるようなこの笑みで、何故人は騙されるのか……甚だ理解できない。

怒りをあらわにしている玲琳を見て鍠牙は満足したのか、ようやく真面目に話をする気になったようだ。真剣な顔で首を捻る。

「だがなあ、逢引とは何の話だ？」

「何故お隠しになるんですか？　私と陛下はいつも倉庫部屋で密会しているではありませんか」

真千はどこまでも真っすぐに嘘のない瞳で鍠牙を見つめる。神を崇拝する信徒のように。

玲琳と違い鍠牙の嘘を見抜けない葉歌と里里は、また鍠牙を睨んだ。

「王様、確かにお妃様は色々アレな人です。一緒にいれば疲れるでしょう。癒《いや》しを求めるのも分かります。ええ、分かります。だけど、ここでしらばっくれるのは男らしくありませんわ！　正直に白状なさいませ！」

「……そもそもお妃様のものである陛下がこのようなことをなさるなど、許されることではないと思います。死に値するほどの裏切りです」

女官と側室に責め立てられ、鍠牙はやや面倒くさくなってきたのか、彼女たちを無視して真千に向き直った。

「俺がお前といつどこで何度逢引したというんだ。俺には全く心当たりがない」

「いいえ、私は陛下と何度も愛し合いました。いつもの倉庫部屋で……いつも月のない夜に……。陛下は逢瀬《おうせ》の度に私を優しく抱きしめて、お前は悪くないよと慰めてくださいます」

信じ切った瞳が鍠牙を見上げる。鍠牙は何やら恐ろしくなったのか、不安そうに玲琳の方を向いた。

「姫……俺の記憶はおかしくなったのか？　俺はそういうことをする男だったか？」

玲琳はちらと考え、はっきりと答える。

「お前にそんな気の利いたことができるとは思えないわね」

「そうだな、俺にそんな気の利いたことができるとは思えん」

ならばと二人は考え込んだ。

「もしかして、お前は幻想の中でこの男と愛し合っていたの……？」

玲琳は想像した中で最もそれらしい答えを提示した。

「幻想……？　お妃様は何を……何をおっしゃっているのですか……？」

幼女のような笑みが玲琳に向けられる。思わず背筋がぞくりとする。

幻想に浸りきり、現実など一つも見えなくなってしまった女の妄想が、この後宮を恐怖で支配していたのかもしれない。それこそが、この怨霊騒ぎの真相……

「え、ちょっと待ってください！」

玲琳が胸中で答えを出しかけた時、葉歌が慌てたような声を上げた。

「思い出しました。そうですよ、変じゃないですか、王様と逢引なんて……。だって真千さん……許嫁がいるって前に話してましたよね？」

「……いいなずけ？」

葉歌に指摘された真千はぼんやりとした表情で首を傾げた。

「そんなひと……いません」

「いや！　いますって！　ほら、同郷の軍人さんで色々武功を立ててるとか評判の殿方が……。だけど真千さんは元々軍人なんかになってほしくなかったって、ぼやいてたじゃないですか。故郷で彼の親も泣いてるとかなんだとか……」

葉歌は必死に言い募るが、それでも真千は理解できないという様子だ。

「……知りません……誰ですか？」

「ええ!?　そんな……ちょっと待っててください！」

葉歌はじれったくなったようで、風のようにその場から駆けていった。呆気に取られている一同がしばし待つと、葉歌はすごい速さで駆け戻ってくる。そしてその手に一人の男を携えていた。

引きずられてきた男は軍人と思しきいでたちで、困惑したように取り囲む人々を見ている。そして真千に気づくと顔色を変えた。

「あの、いったい何の御用でしょう」

酷く緊張した面持ちで男は聞いてくる。

真千と共に後宮へ呼び出されて都合の悪いことがあると、男の表情は言っていた。

突如出てきた真千の許嫁……この男と真千の幻想の関係……その繋がりを考え、玲琳は男に問うた。

「お前はもしかして、真千とこの後宮で頻繁に逢引していたのではない？」

男の肩がびくりと震えた。

「安心なさい、咎めはしないわ。お前は真千の許嫁なのでしょう？」

玲琳が瞬きもせずに見据えると、男は観念したように跪いた。

「も、申し訳ありません……」

「真千、お前が逢引していたのはこの男ね？」

今度は真千に確かめる。しかし真千は男を見ても眉一つ動かすことなくぽつりと言った。

「……誰ですか？」

「!?　真千？」

「知らない人です……私が愛し合ったのは楊鍠牙陛下で、この人ではありません」

知らぬと言われて男は呆然と言葉を失った。

「私を愛してくださるのは陛下です。優しく抱きしめて、お前は悪くないと何度も言ってくださった。父に殴られずたずたになった私の体を、綺麗だと言ってくださった。陛下だけです」

確信のこもる声で真千は言う。

うっとりと微笑む彼女の瞳はあまりにも狂気じみていて、それを否定できる者はいなかった。


「真千さん、許嫁の兵士さんと一緒に里へ帰るそうですよ」

あれから数日が経ち、いつも通り毒草園で蟲の世話をしていた玲琳に葉歌が言った。

怨霊騒ぎはすっかり収まり、後宮には平穏が戻っている。

「心の病だったんですねえ、真千さん……」

葉歌はため息をついた。

「最後に挨拶したいと部屋で待ってますわ。お会いになりますか？」

「……そうね、最後に会っておきたいわ」

玲琳はそう言って部屋へと戻った。その道すがら、後ろに付き従っている葉歌がつらつらと説明する。

「あの兵士さんの実家は田舎で商売をしているらしいですよ。元々は結婚して商売の跡を継ぐ予定だったそうなんですけど、軍人に憧れて都へ来たんですって。真千さんはそれについてきたんですね。でも、真千さんは都の空気が肌に合わなくて、父親から酷い扱いを受けた心の傷もあって、幻想の世界に入り込んでしまったんですわ。お気の毒に……。逢引している許嫁を、王様と思い込んでしまうなんて……」

「……本当にそうかしら？」

玲琳は歩きながらぽつりと言った。

「え？　どういうことです？」

「真千は本当に許嫁を鍠牙だと思っていたのかしら？」

「……まさか、嘘だってことですか？」

葉歌は信じられないというように頬を引きつらせた。

玲琳は怨霊を追いかけた夜のことを思い出す。

「あれほど手の込んだ怨霊騒ぎを、紛《まが》い物《もの》に縋《すが》った女がやれるかしら？」

そこで部屋に到着し、中に入ると真千が跪いて待っていた。

「田舎へ帰るのですって？」

「……はい」

「……戯言《たわごと》だと思って聞いてちょうだい。返事もしなくていいわ」

玲琳はそう前置きして突然話し出した。

真千は不思議そうに顔を上げて玲琳を見た。

「例えばそうね……平穏無事に暮らすことを望む女がいたとするわ。けれど女の許嫁は都へ出て軍人になってしまった。女はいつ死ぬかもわからない危険な仕事を男に辞めさせたい。そこで一計を案じたとする。怨霊騒ぎを起こすくらい女が心を病んでしまったとしたら……？　国王と密通していると思い込んでいたとしたら……？　女は当然女官をクビになるし、男は女を心配して里へ帰ると言い出すかもしれない」

そこで玲琳はにいっと笑った。

「女の望みがそれだったとしたら、見事に目的を達成したということになるわね」

傍らで話を聞いていた葉歌が啞然として玲琳と真千を交互に見た。

真千は困惑したようにかぶりを振った。

「何をおっしゃっているのか分かりません」

「戯言よ。ただ、あの怨霊騒ぎにはそれくらいの意志を感じたということだわ。奇妙な笑い声、怪しい姿、不気味な手形、どれもみんな後宮の女官たちを震え上がらせたわ。私を閉じ込めて蟲を殺そうとすらした。まあ、松明を投げたくらいで生木がいきなり燃えるわけはないから、殺すつもりはなかったのかもしれないわね。閉じ込めた部屋の閂も壊して私をすぐ外へ出したし……。そういえば、あの閂はどうやって壊したのかいまだに分からないわ。お前は近くにいなかったから、何か上手い仕掛けを考えたのね」

軽く肩をすくめて玲琳は話を終えた。

「全て戯言よ。本当のことには何の興味もないから、無事に里へ帰るといいわ」

ひらりと手を振り、部屋を出て毒草園へ戻ろうとする。

すると跪いていた真千が少しの思案の末に言った。

「お妃様が何をおっしゃっているのか……私には分かりません」

「戯言なのだから分からなくて結構よ」

「はい、すぐに忘れようと思います。ただ……一つだけ申し上げておきますが、私はお妃様を閉じ込めた部屋の閂を壊したりはしていませんよ？」

「……え？」

玲琳はきょとんとして振り返った。

真っ直ぐ見上げる真千の目は、嘘を吐いているようには見えない。そもそも、嘘を吐く意味がない。

玲琳はぱっと振り向いて葉歌を見た。葉歌も心当たりはないと首を振る。

ならば……玲琳をあの部屋から出したのは誰だ……？

「お妃様、大変お世話になりました。このご恩は忘れません」

考え込む玲琳を尻目に、真千は深々と礼をした。


夜になっても玲琳の頭にはまだ壊れた門のことが残っていた。

ずっと難しい顔をしている玲琳を、鍠牙が興味深そうに観察している。

「葉歌に聞いたぞ。怨霊に怯えているそうじゃないか」

何をどう聞いたのか、彼はそんなことを言ってきた。

玲琳は長椅子に腰かけてじろりと鍠牙を睨んだ。

「怯えてなどいないわよ」

「だが、ずっと気にしているんだろ？」

「怨霊などいない。ありえない。いるはずがないの」

どこまでも頑なに否定する玲琳が意外だったのか、鍠牙は不可解そうに目の前へしゃがんだ。

「いったいどういうわけだ？　やけにこだわるな。そこまで否定されるとむしろ肯定の裏返しみたいだぞ。よもや怨霊に襲われた経験があるんじゃあるまいな」

苦笑いしている鍠牙に、玲琳は一度冷たい目線をくれてそっぽを向いた。

「まさか。何度も言っているでしょう？　怨霊などいないのよ。私は幼い頃にそれを確かめたのだから」

「ほう、確かめた？」

何やら興味を引かれたのか、鍠牙は目の前にしゃがんだまま身を乗り出した。

どうしてこんなくだらない話を……と思いながらも、彼があまりに関心を持ったらしいので仕方なく玲琳は聞かせてやることにした。

「まるで私のようだなと思ったのよ」

話の切り出し方が独特だったせいで、鍠牙は理解できずに怪訝《けげん》な顔をした。

「人に嫌われて、恐れられて、ひっそりと陰に潜んでいる……怨霊というものの存在を初めて知った時に、まるで蠱師のようだなと思ったのよ」

斎帝国の冷たい後宮で冷遇されていた玲琳にとって……母以外に自分の言葉を理解してくれる人がいなかった玲琳にとって……その存在はまるで同族のように思われたのだ。怨霊というものを知った日は、胸が高鳴ってなかなか眠れなかったのを覚えている。たぶん五歳か六歳かそのくらいだったはずだ。

「私の話を理解してくれるかもしれないと思ったわ。私も怨霊の話を理解してあげられると思った。きっと通じ合えるはずだと……」

「つまり……怨霊と友達になろうと思ったのか？」

「まあ簡単に言えばそういうことね」

「……それで？」

あまり思い出したくないことを思い出し、玲琳は渋面になる。

「斎の後宮には頻繁に怨霊が目撃されるという噂の部屋があったわ。そこで一晩怨霊が現れるのを待つことにしたの。菓子と茶を用意してね」

「ん？　なんで菓子と茶がいるんだ？」

「一緒に食べようと思ったのよ」

「……怨霊と？」

鍠牙が何とも言えない表情をしたので、玲琳は少しムッとした。

「文句があるならこれ以上は話さないわよ」

「いいや、続けてくれ」

軽く手を上げて促され、仕方なく先を続ける。

「一緒に菓子を食べて、私の蟲を見せてあげるつもりだった。そう思って一晩待ったわ。一睡もせずに待った」

時々誰もいない部屋に話しかけながらずっと待ったのだ。広い部屋に一人ぽつんと座って、お腹《なか》をぐうぐう鳴らしながら、それでも菓子には手を付けずにひたすら待った。自分の言葉を理解して分かり合える同志が現れるはずだと信じて待った。

「だけど……いくら待っても怨霊は現れなかったわ」

昇る朝日を見た時の虚《むな》しさを今でもはっきり覚えている。ぱさぱさになった饅頭《まんじゅう》を一人でもそもそと食べたあの感覚も……

「だから私は確信しているのよ。あれだけ待った私の前に現れなかったのだから、この世に怨霊などというものは存在しない」

断言した玲琳をぽかんと見上げていた鍠牙は、ややあってぶっと吹き出した。

「何が可笑《おか》しいのよ」

「いや、悪い」

謝りながらもくっくと笑っている。

「なるほど、確かにそうだな。姫が相手では怨霊も逃げるだろうよ」

「逃げるも逃げないも初めからいないったら」

「分かった、怨霊はいない」

「分かればよろしい」

腹立たしげにふんと鼻を鳴らし、玲琳はしゃがむ鍠牙の腹を蹴った。

「結局この怨霊騒ぎもただの悪戯だったわけだしな」

「そうよ、全部生きた人間の手で……」

言いながら、玲琳はまたあの門のことを思い出した。誰も手を触れていないはずなのに、勝手に割れたあの門のことを──

「この世のたいていの問題は暴力で解決できる……」

思わずそんな言葉を口に出していた。

かつてその言葉を口癖にしていた女がいたという。

「姫？」

鍠牙が怪訝な顔で呼んだ。玲琳は素早くかぶりを振る。

「何でもないわ。怨霊など、この世のどこにもいはしないのよ」

そう言って、玲琳は目の前に座る鍠牙の足を蹴った。

閑話ノ二

世の夫はこういう場合どう振舞うのか御教示願いたい。

其之一、妻が先に寝台で寝ている。

其之二、そして夫ではないものを抱きしめている。

其之三、それが巨大な蛞蝓《なめくじ》。

完全に詰んだ。

まあ嘆いても仕方がない。俺は妻がどれほど不気味で気色悪くて悍ましい生き物であろうとも、彼女を愛している。

だから俺は蛞蝓を抱いて眠る姫をじっと眺める。

俺の妻であり、魁国の妃、そして数多の毒蟲を使役する蟲師。

俺の姫は魔物だ。

ちなみに今朝、姫は具合の悪い女官に毒蟲を喰わせようとして気を失わせた。

曰く、食あたりを相殺するための毒蟲だそうだ。俺の姫は気遣いが過ぎる。

まあそこらへんは日常茶飯事で、女官たちも慣れたものだ。

ついでに言えば、昼には王宮の庭園にある納屋を一つ燃やした。

蟲毒を調合するために火を使っていたら燃え移ったらしいが、それはさすがに俺も怒った。

怒ったくらいで言うことを聞いてくれる姫なら俺も楽だが、姫は反省した素振りも見せなかった。全く本当に愛らしい姫だ。

そして夕方、姫は俺の膝を枕に人を呪いたいとぼやいていた。

俺は姫を愛しているが、姫は毒を愛している。

どれだけ希《こいねが》っても、姫は俺を愛さない。


そして夜、俺は寝台で寝ている姫を見つめる。

黙っていれば美人——彼女はいつもそう言われる。

確かに美人だが、俺は姫の顔立ちに興味はないし、なんなら姫が男でも構わない。

それどころか、犬でも猫でもゴキブリでも、姫であれば愛おしいだろう。だから見てくれはどうでもいい。

俺がどれだけ彼女を愛しいか、分かっている人間はきっとこの世にいないだろうと思うと何やら奇妙で、俺は姫の白い首に手をかける。

細くて柔くてぽっきり折れてしまいそうだ。

姫が一人で寝ている時、俺はいつも彼女の首に手をかける。このまま縊り殺してしまいたくなる。

きっと姫は何も気づいていないだろう。

そう思うと何だか可笑しくて、首にかけた手に力を込める。

すると、頭の中で何かが暴れているようにぎりぎりと痛んだ。

俺の頭には姫の毒蟲がいる。

悪さをすると酷く痛めつけられる。

俺の命は姫に握られている。

この痛みを感じたくて、俺は姫の首を絞めるのだ。

大丈夫だ……俺はちゃんと姫に呪われている。彼女が死ぬ時は共に死ぬことができる。それを感じるため、彼女に手をかけ、安心する。

俺はまともじゃないらしい。

それはまあ、そうだろう。化け物から生まれた子がまともなわけはない。

まともであるというのがどういうことかは、とっくの昔に忘れてしまった。

さて、今夜も自分が呪われていることを確認できたから、寝るとするか。

しかし蛞蝓が邪魔だな。
だが、これも姫の大事な蟲だ。無下に扱ってはいけない。
姫の大切なものなら、俺も大切にするに決まってる。
蛞蝓は枕にちょうど良さそうだから、ちょっと使わせてもらうとしよう。
バカでかい蛞蝓の頭を枕にして、姫ごと抱きしめて横になる。
目が覚めたら、あなたを愛していると伝えておこう。
だからどうか、死ぬまで俺を愛さないでくれ……俺の可愛い毒の姫。

第三話　秋ノ宴

ある秋の昼下がり、魁国の王宮にとある吉報がもたらされた。

「お妃様！　ご懐妊でございます！」

王妃のおつき女官である葉歌が、小躍りしながら王宮中を駆け回り、各所に伝えたのである。

後宮に仕える女官たちも、仕事をしていた臣下たちも、詰め所にいた兵士たちも、皆がその吉報を喜び、王宮は歓喜に包まれた。

「というわけなのよ」

玲琳は鍠牙の執務室に乗り込んで、おそらく葉歌がもう言いふらしてしまったであろうことを夫に告げた。

鍠牙はしばし玲琳を見つめ返し、にこりと優しく笑った。

「ありがとう、姫。どうか健やかな子が生まれるまで安静にしていてくれ」

周りで見ていた臣下たちは涙ぐんで喜び、王と妃を讃《たた》えている。

夫から思いやりのある言葉を受け、玲琳は彼をじいっと睨むように見つめ返した。

「どうした？　何か欲しいものがあるなら何でも言ってくれ。あなたのためなら何でも用意しよう」

「……お前は大丈夫？」

玲琳は真剣な顔で問うた。しかし鍠牙は表情一つ変えない。

「俺よりあなたの方がずっと大事だ。自分の体のことだけ考えていてくれ」

そう言われても、玲琳はまだじいいいいっと彼を睨み続けた。

「なんでそんな顔をしてるんだ、一人じゃ不安か？　部屋まで送ろう」

鍠牙は優しい微笑みと共に立ち上がり、玲琳の背に手を当てて部屋へ連れていこうとした。

玲琳は注意深く夫を観察しながら、彼の誘いにしたがって執務室を後にした。歩きながらも、鍠牙は全く表情を変えなかった。余裕の笑みを薄く浮かべ、玲琳を気遣っている。

玲琳はその全ての所作をひたすら観察し続けた。

部屋に戻ると、葉歌がぴょんぴょんと飛び跳ねるような足取りで駆けてきた。

「お帰りなさいませ、お妃様！　王様とご一緒でしたのね」

頰を押さえてうきうきしている。この後宮で玲琳の懐妊を一番喜んでいるのは彼女なのではないかとさえ思われた。

「さあさあ、お体に気を付けて、寒いところへ行ったりしてはいけませんわよ。もうずっと寝台で横になっていた方がいいのじゃないかしら」

「そんなことをしたら体がおかしくなってしまうわ」

「とにかく医師の方々に付きっきりになっていただきましょうよ。万が一のことがあってはいけませんもの！　あ、そうそう、斎の彩蘭様にはもう書簡を送っておきましたからね。じきに山ほどお祝いが届きますわ！」

葉歌は早口でまくし立てた。

「ちょっと落ち着きなさい」

玲琳は額を押さえて諭す。しかし葉歌の勢いは止まらない。

「これが落ち着いていられますか！　私がどんなに……どんなにこの日を待ちわびたか……うううっ」

とうとう彼女は泣き出してしまった。

葉歌の想いは嬉しかったが、玲琳が気にかけているのは目下別のことだ。

「それじゃあ無理をしないようにな。葉歌、頼んだぞ」

いつも通り玲琳の部屋には入ろうとせず、鍠牙が外からそう声をかけた。彼はひらりと手を振って、その場を後にしようとする。しかし、数歩歩いたところでぴたりと足を止めた。奇妙に固まって動かない。

玲琳と葉歌は顔を見合わせ、同時に訝しむような顔をした。

「鍠牙、どうしたの？」

玲琳が話しかけながら近づいたその時、鍠牙は突然体を折って吐いた。盛大に吐瀉《としゃ》物《ぶつ》をまき散らし、廊下に頽《くずお》れる。

「ちょっと！　大丈夫⁉」

玲琳は慌てて駆け寄った。

鍠牙は体の中身を全部吐き出してしまいたいとでもいうように何度も何度もえずき、とうとう吐く物がなくなると、泥人形が崩れるかの如くべしゃりと倒れてしまった。

葉歌が慌てて他の女官や衛士や医師を呼びに行く。

何ということだろう……玲琳は倒れた鍠牙の背に手を当てて呆然とした。

この男がどれほど危うい人間か、玲琳はよく知っている。だが……まさかここまでの打撃を受けるとは思っていなかったのだ。

これは大変なことになりそうだと、玲琳は大きくため息をつき、己の腹を撫でる。

そして玲琳の予想通り、これがこれから起こる騒動の始まりだった。

鍠牙は丸一日寝込んでいた。

目を覚ましたと知らせを受けて、玲琳は彼の部屋を訪れたが、顔を見た瞬間まずいことになったと確信した。

顔は土気色で、目の下には酷いくまがある。頬が痩せこけて見えるのはさすがに錯覚だと思いたい。淀んだ色彩の中で充血した目だけが鮮やかに彩られていた。

「何か食べた方がいいわね」

玲琳が寝台の端に腰かけて話しかけると、鍠牙は奇妙に抑揚のない声で答えた。

「……いらない」

「いいから少しでもお食べ」

「食欲がない」

玲琳が強く言っても、鍠牙は頑として聞かなかった。

何ということだろう……玲琳の懐妊で彼がここまで心を病むとはさすがに思っていなかった。

この男は血の繋がりを……親の愛を……そして己を……信じていない。

この世に比類ない化け物から生まれてしまった彼にとって、それらは全て毒でしかなかったのだ。

幼少期から化け物に愛されすぎて、この男はおかしくなった。三千世界を探しても二つとない毒の化生になり果てた。

そして玲琳は、彼がそういう毒の化生であるからこそ、この男の子供を産みたいと思ったのだ。

それが誤りだったと今更言われたところで、引き返すつもりはない。

「それなら腹が減るまで寝ていなさい」

玲琳はそう告げて彼の部屋を後にした。

しかし、それから五日経っても事態が快方へ向かうことはなかった。

鍠牙は五日のあいだ寝込み続け、起き上がることも、物を食べることもしなかった。

話しかけてもろくに言葉を返さない。水差しを口に当てれば水を飲むことはしたが、それ以外はまるで殻に閉じこもった貝のようだ。

そうしてただ、彼はひたすらに痛んでいた。

五日後の朝、玲琳はとうとう諦めた。

この男が自ら立ち直ってくれることを諦めた。

様々な毒を調合して作り出した薬湯を手に、玲琳は鍠牙の寝台へ上る。

「これ以上何も食べないと死んでしまうわ」

「……さあ」

あまり嚙み合っていない生返事をされて玲琳は眦《まなじり》をつり上げる。

「もういいわ、黙ってこれを飲みなさい」

湯気の立つ椀《わん》を差し出されて鍠牙は掠《かす》れた声を出す。

「……殺すのか？」

「私はそんなに優しくないわ。これは毒を煎じた薬湯よ。殺すのではなく、お前の命を繋ぐためのもの。残念だったわね、観念して口を開けなさい」

椀の中身を匙《さじ》ですくい、口元に近づける。しかし鍠牙はかさかさに乾いた唇を開こうとしなかった。

「口を開けろと言っているのよ」

玲琳は低い声で強く言い聞かせた。それでも鍠牙は口を閉じている。

玲琳は仕方なくその匙をひっこめ、椀に口をつけて薬湯を一口含んだ。そのまま鍠牙に覆いかぶさり、彼の鼻をつまみ、問答無用で唇を重ねる。鍠牙は一瞬玲琳を押しのけようとしたが、抵抗する力も残っていないらしくすぐに口を開いた。零れないよう隙間なく唇を合わせて薬湯を流し込む。

唇を離すと、鍠牙はむせて陸に上がった魚のように跳ねた。しかし玲琳は彼がどれほど苦しもうとも容赦せず、二口目を含んでまた口を塞いだ。それを何度も繰り返し、薬湯の椀は空になった。寝具には不気味な色の液体が斑《まだら》に散っている。

「ちゃんと飲めたようね、いい子」

玲琳はぜいぜいと息をしている鍠牙の口元を袖で拭った。

鍠牙はぐったりと力なく寝台に横たわっている。

意識を失ったのだろうかと思った頃、彼はかすかに口を開いた。

「……初めてあなたに解蠱薬を飲まされた時も……こんな感じだったな」

「ああ、そうだったわね」

玲琳は寝台に座り込んで記憶をたどった。

そうだ、彼は玲琳にとって初めての患者だった。あの時の感覚は生涯忘れないだろうと玲琳は思う。

鍠牙は虚《うつ》ろな目で玲琳を見上げている。

この男は今、死にたいのかもしれない。しかし、玲琳はこの男を簡単に死なせてやるつもりはなかった。

「そんなに起きたくないのなら、このまま寝ていて構わないわ。私が毎日こうやって、お前に薬湯を飲ませてあげる。食事の世話も下の世話も何から何までしてあげるわ。お前は何もしなくていいのよ。王の代わりなど掃いて捨てるほどいるのだから、誰かがお前の穴を埋めるわ。お前はただ、私の庭にいればいい。死ぬまでずっと、私がお前を飼ってあげる」

玲琳はにたりと不敵な笑みを浮かべる。

鍠牙はそんな玲琳を無感情な目で見上げていた。そして何も言うことなく、そのまま目を閉じてしまった。


懐妊したからといって、蟲たちの世話を怠るわけにはいかず、その後も玲琳は蟲の世話を続けていた。

鍠牙は相変わらずまともに活動しようとはしていない。

玲琳は鍠牙に薬湯を与えながらも、毎日蟲の世話をこなしていた。

玲琳の体調を案じて葉歌が手伝ってくれるが、彼女は基本蟲に近づかないからやはり玲琳が主導することになる。

「王様はいったいどうしてしまったんでしょう？　もしかして、お妃様のご懐妊を喜んでいらっしゃらないのでしょうか？」

葉歌は不安そうに聞いてきた。

「そうね、あの男は己の血を残すことに恐怖心があるのでしょうからね」

玲琳は毒草を摘みながら答える。

「そんな……父親としてあまりにも無責任じゃありませんか」

「あれはそういう男なのよ」

あっさり答える玲琳に、葉歌は怪訝な目を向けてくる。

「あのう……ちょっと思ったんですけど、お妃様も、あまりこう……喜んでいらっしゃいませんわよねえ？」

自分の喜びぶりに比べて玲琳の感情がなだらかなことが気になったのだろう。疑うようにまじまじと玲琳を眺める。

最近鍠牙のことばかりで、玲琳は自分のことを顧みるゆとりはなかったが、言われてその時の気持ちを思い出してみた。

「嬉しいというか……当然のことだと思っただけだわ」

答えはずいぶんあっさりしていた。鍠牙の狼狽《ろうばい》ぶりに比べると、あまりに淡白すぎてこれはこれでおかしいのかもしれない。しかし何故か玲琳は、自分が懐妊するのは当然のことだと思っていたし、子は必ず元気に生まれてくると勝手に信じている。万が一のことがあるとは少しも思っていないし、何も心配していない。

「何ですか、それ。変ですよ」

説明された葉歌は納得がいかないようで、不満そうな顔をする。

「だけど、絶対そうなる気がしているのよ。私の腹に宿るこれは、この世で最も強い毒から生じる呪物だもの」

「ええ〜？」

葉歌はやはり不満そうだ。

「もう……夫婦そろって反応がおかしいんじゃありませんか？　王様が寝込んでから、今日でもう十日経ちますわ。いったいいつまでこんな状態が続くんでしょう」

深々とため息を吐く。

そうは言われても玲琳は、無理矢理鍠牙を起こしたいとは思っていなかった。彼に告げた言葉は本心で、玲琳は鍠牙がこのままずっと寝たきりであっても構わないと思っていた。玲琳の手のひらでどれだけ大人しく飼育されていたとしても、あれが無双の毒であることには何ら変わりないのだから。

しかし葉歌はとても今の状態を放ってはおけないようで、あれこれと考えている。

「もっと親身に看病した方が、王様も元気になるんじゃないかしら？　お妃様、今だけでも蟲の世話より王様の世話を優先なさっては？」

「平気よ、里里に任せてきたから」

玲琳があっさり答えると、葉歌はたちまち毛を逆立てた。

「ええ!?　ダメじゃないですか！　ほら、だって噂でよく聞きますもの！　妻の妊娠中に浮気する夫の話！　油断しちゃダメですよ！」

噂話が好きで、恋の話が好きで、醜聞が大好きな葉歌は嚙みつくように言う。

「別に構わないわよ。私が里里に看病を許したのだから、その結果どうなっても問題はないわ」

「問題ないわけないでしょ！　間違いがあったらどうするんですか！　いや、里里様は側室ですから間違いってことはないですけど……」

葉歌がぶつぶつと文句を言っていると、サクサク土を踏む音が聞こえて件《くだん》の側室、里里がやってきた。

「お妃様、大変です」

彼女は相変わらずの無表情で、少しも大変ではなさそうに言った。

「どうしたの？」

「陛下のお姿が消えました」

「え？　歩けるようになったの？」

「分かりません、少し目を離した隙にいなくなってしまわれました。どこを捜してもお姿がないのです。見張りを命じられたのに、申し訳ありません。どんな罰でも受けます」

粛々と告げる。

そもそも命じたのは看病であって見張りではない――と玲琳は思ったが、実情は見張りと大差なかったかもしれない。その結果、鎧牙をまんまと逃がしてしまったということだ。

「利汪を呼びましょう、王宮中を捜させて」

そうしてすぐさま側近の利汪が呼ばれ、王宮中がくまなく捜索されたが、鍠牙の姿はどこにも見つからなかった。

毒草園で報告を受けた玲琳は考え込んだ。

「これはもしかして……王宮の外へ出てしまったのでは……」

思わず呟く。ありえないことではない。あの危うい精神状態では何をしでかすか分からない。全てを放り出して逃げてもおかしくはないのだ。あの弱った体でいったいどこへ……玲琳は顎に拳を当てて考え込んだ。

「身ごもった妻を見捨てて逃げるとか……うそでしょ、ありえます？」

葉歌が信じられないという風にかぶりを振る。

「ありえるわよ。あの男の行動に、ありえないなどというものはありえない」

こちらが思いもつかない馬鹿げたことを平気でやってのける男、それが楊鍠牙だ。

「見つからないなら仕方がないわね」

玲琳は深々とため息を吐く。

「ええ!? まさか諦めるんですか？」

葉歌がぎょっとして聞いてきたが、玲琳は軽く手を振って否定を示した。

「いいえ、見つからないなら仕方がないから……呪うしかないわね」

「ああ、なるほど」

葉歌は納得したようにぽんと手を打った。

玲琳の蠱術は人探しに向かない。故に、人を探すときは相手を呪うという手段をとるのだ。鍠牙の血ならこの体が覚えている。呪うことは容易い。

軽く腕を振ると、袖口から一匹の大きな虻《あぶ》が飛び出してきた。

玲琳の蟲たちも、むろん鍠牙の血をよく知っている。

「さあ……あの馬鹿な男を見つけておあげ」

軽く尻を撫でると、虻はぶうんと空に飛び立った。

「これでしばらく待てばいいわ」

玲琳の言葉通り、しばらくすると虻は玲琳の手元に戻ってきた。

「いい子ね、お帰りなさい。さあ、あの男はどこにいるの？」

主の問いかけに、虻は複雑な形を描きながら飛ぶ。その動きは玲琳に様々なことを伝えていた。どうやら鍠牙がきちんと生きているらしいことにとりあえずほっとする。

「どうやらいきなり川に浮かんでいるということはなさそうね」

「ちょ……やめてくださいよ、縁起でもない。これから子供が生まれるという幸せ絶頂で身投げとか意味分からないじゃないですか」

しかしそういう意味不明なことをするのが楊鍠牙という男なのだった。

「とにかく迎えに行きましょう。……ここから少し距離があるようね。馬車で行くから用意して」

さすがに馬を駆るのはまずかろうと、玲琳はそう命じた。

馬車はすぐさま用意され、玲琳は葉歌を連れて馬車に乗り込み、虻の指し示す場所へと向かった。

それにしても……いったいどうやって王宮を抜け出したのか……そしてそれは何のために……？

どうせろくなことを考えていないのだろうと、最悪の想像を様々に繰り広げながら玲琳は鍠牙を迎えに行く。

馬車が向かったのは玲琳も一度訪れたことのある街だった。

正式な名は知らない。裏街——と、鍠牙はそう呼んでいた。

夕暮れの明かりの中で見ると、以前見た時よりいっそう街は寂れて見えた。それなのに奇妙な力が奥底に秘められているようで、不思議と落ち着かない気持ちになる。

「あまり目立つと良くないわ。後は徒歩で行きましょう」

玲琳は街外れに王宮仕様の立派な馬車を止めさせ、地味な衣を纏って外へ出た。

「気を付けてくださいましね」

葉歌は緊張の面持ちできょろきょろしながらついてくる。

「間違っても、ちょっと肩がぶつかったくらいで相手を呪ったり毒殺したりしないでくださいよ」

「……お前は私を何だと思っているの」

玲琳は先を歩きながらじろりと背後を睨んだ。

虻を追いながら街を歩いていると、地味な恰好《かっこう》をしているにもかかわらず、街の人々がじろじろと眺めてくる。

「なんだか目立っているわね、この服装は違和感があるのかしら」

地味な衣装でも裏街では上質に見えるのかもしれない。

「というか……お妃様が目立ってるんじゃないですか？　ほら、しゃべらなければ美人だから」

「目立つのは困るわね、鍠牙が気づいて逃げるかもしれない。あの男は姑息《こそく》だから」

玲琳は難しい顔で立ち止まろうとした。が――

「立ち止まらないで。このまままっすぐ歩いてください」

葉歌の声にほんの少し緊張の色が混じった。

「さっきから後をつけてくる人がいます。そこの角を曲がって」

玲琳は言われるまま、目の前の角を曲がって細い道へと入った。

そこでようやく立ち止まり振り返ると、一人の男が足早に角を曲がって追いかけてきた。男は葉歌と玲琳が待ち構えているのを見て、ぎくりと足を止める。

「何の用です？　言っておきますが、逃げても無駄ですからね」

葉歌が厳しい声で問い質した。

男はたじろいだようにその場で立ち尽くしている。

まだ若い、玲琳と同じ年頃の若者だ。精悍《せいかん》な顔立ちに、ほんのりと少年の面影を残している。短くぴんぴん尖《とが》った髪と、吊り上がった目が勝ち気な性根を表しているようだ。服装はそこら辺を歩いている人々と大差ない粗末なものだったが、瞳に強い光を宿しているのが印象的だった。

彼はしばし玲琳を見つめ——

「……蠱師の王妃様……？」

深く疑る低い声で聞いてきた。

葉歌の全身に緊張が走った。彼女は今や玲琳を狙う暗殺者ではなく、次代の里長を守らんとする守護者である。一瞬でもおかしなことをすれば、彼の首と胴は永久《とわ》の別れを告げることだろう。

「ええ、私は蠱師で、この国の王妃よ」

玲琳は葉歌の肩に軽く手を当て、彼女の行動を制しながら答える。

途端、彼の瞳は極限まで大きく見開かれ、すごい勢いで玲琳に迫ってきた。

「王妃様！　俺をあなたの弟子にしてください!!」

キラキラと瞳を輝かせ、玲琳の手をしっかと握ったのである。

玲琳も葉歌も同時にあんぐりと口を開けた。

「すっげえ！　こんなところで王妃様に再会できるなんて！」

彼は玲琳から手を離し、歓喜に拳を握り締めている。

「名前！　名前教えてください！　あっ、俺は風刃《ふうじん》っていいます！」

風刃と名乗る若者は、犬ならちぎれんばかりに尻尾を振っているに違いないという勢いで迫り続ける。

「……李玲琳よ」

勢いに押されて玲琳は答えていた。

「ちょっと、お妃様！」

葉歌が無警戒を咎め、玲琳の手を握る風刃の手を振りほどかせたが、当たり前の警戒心を沸き上がらせるには風刃の言動はおかしすぎた。

「玲琳様、玲琳様……美しい名前ですね、弟子にしてください。こんなところで再会できるなんてもはや運命だと思うんですよ！」

風刃はなおも迫りくる。

「再会？　私はお前に会ったことがあるかしら」

玲琳は軽く腕組みして彼を観察した。全く見覚えがない——が、玲琳は人の顔を覚える己の記憶力を全く信用していなかったから、ただ忘れているだけかもしれない。

「ああ、覚えてなくて当たり前ですよ。俺があの夜勝手に見てただけですから。玲琳様は去年、この街で蠱術を使ったでしょう？」

指摘されて瞠目する。確かに玲琳は以前ここで蠱術を使ったことがある。

「ほら、野次馬《やじうま》を追い払うために巨大な蛇を出してたじゃないですか。あの時俺もその場にいたんですよ。びっくりして感動して……この人の弟子になりたいとずっと思ってたんです」

そのことも覚えている。裏街の人々が集まっていたあの中に、風刃もいたということか。

「本気で蠱師になりたいの？」

「俺は気持ち悪いものが好きなんです」

彼は清々しい笑顔で断言した。

気持ち悪いとはっきり言われ、更に好きとまで言われて、どう反応したものか玲琳は迷ったが、とりあえず彼が本気であることだけは感じられた。

改めて彼を眺める。均整の取れた体つきに、端整な顔立ち。どう見ても男だ。

「残念だけれど、男が蠱師になれる確率は極めて低いわ」

「低いってことは、少しならあるってことですね！　よっしゃ！」

　ぱっと顔を輝かせる。びっくりするほど前向きで、一蹴するのも憐れになった。

「……仕方がないわね、調べてあげるわ。一滴でいいから血を出してごらん」

「血ですか？」

「そうよ、早くなさい」

　ぱたぱたと手を振って急《せ》かすと、傍らの葉歌が仕方なさそうに嘆息しつつ小刀を出した。

「あ、どうも」

　風刃は小刀を受け取ると、さくっと指先を切って玲琳にその傷を差し出した。玲琳は差し出されたその傷をべろりと舐める。触れた瞬間、彼の指先がびくりと震えた。目を閉じて舐めとった血を味わい、判じる。

「ダメね、お前に蠱師の素質はないわ。死ぬまでこの世のあらゆる努力を重ねても、お前は蠱師になれない。蠱術のひとかけらも使うことはできないわ、絶対にね」

　玲琳は容赦なく言った。この世には努力でどうすることもできない事象がいくつも存在する。その夢に人生を捧げる覚悟さえあるのなら、死ぬまで好きなだけ夢を見ればいい。叶わぬ夢を見続けることに快楽を得ることもあるだろうから……

　ただ、玲琳は彼に事実だけを告げておこうと思ったに過ぎない。

告げられた風刃はしばし表情を硬くし、深くため息をついた。

「そっか……まあそうだろうな……じゃあ蠱師になるのは諦めます」

彼はあっさり夢を捨てた。

「そう、好きにしなさい」

「はい、その代わりあなたの犬にしてください」

「……はい？」

玲琳は意味不明すぎて一瞬彼が異国の言葉でもしゃべっているのかと思った。

「俺は今日からあなたの犬になります」

風刃は勝手にそう決めて、うんうんと納得したように頷いている。

「お前は……馬鹿なの？」

思わず玲琳は言ってしまった。

「え、酷いな。別に馬鹿じゃないですよ」

彼はからからと笑う。

「玲琳様、俺はこれからあなたの言うことを何でもよく聞きますから、一つだけお願い事を聞いてもらえませんか？」

「……何？」

「ぶち殺してほしい男がいるんです。蠱師の玲琳様に、蠱術での呪殺を頼みたい」

想像もしていなかった事態に玲琳は眩暈《めまい》がした。

まったく……今日は何という日なのだろう。

蠱師として頼まれてしまえば、玲琳がその誘惑に抗えるはずはないのである。


朱と紫の混ざり合う夕暮れの中、玲琳と葉歌は風刃に導かれてとある妓楼《ぎろう》へとたどり着いた。その一角には似たような店が何軒も並んでいて、うらぶれた街の中で異彩を放っている。

「お妃様……王様を捜しにきたんじゃなかったんですか？」

葉歌がげんなりした様子で言う。

「そうね、けれど私は妃である前に蠱師なのよ」

キリッと言い切る玲琳に、葉歌は深々とため息をつく。

「もうほんと……王様が不憫《ふびん》すぎます。吐いて倒れて家出するまで追い込まれてるのに、妻からこんな仕打ちを受けるなんて……」

「もちろん後で捜すわよ」

そう言って、玲琳は妓楼へと足を踏み入れた。風刃が客を迎えに出た年嵩《としかさ》の女に耳打ちすると、女は玲琳たちを二階の部屋へと案内した。

「ここにお前の殺したい相手がいるのね？」

階段を上がりながら玲琳は前を登る風刃に聞く。

「そう、ここがあいつの根城ですよ」

「どういう人物？」

今更ながら玲琳は聞いた。自分がこれから屠《ほふ》る相手を知っておくべきだろう。

「ゲスな男ですよ。この裏街で仕事をしてる暗殺者です」

「暗殺者!?」

その響きに少し驚き、振り返って葉歌と顔を見合わせた。正真正銘の暗殺者である葉歌は、げふんと咳払いして玲琳に前を向かせる。

「そいつが半年前、俺の姉貴を殺したんです。俺はその時よその土地にいて……戻ってきて姉貴が殺されたことを知りました。姉貴はこの街で働いてた娼妓《しょうぎ》で、俺を育ててくれた。だから敵を討ちたいんです」

風刃は辛いはずの過去をさらりと語った。殺意を語るにしてはあまりに明るく、逆にそこが危うい。

「なるほどね、いいわ。お前の復讐《ふくしゅう》に力を貸すわ。その代わり報酬はもらうわよ」

「もちろんですよ」

彼は復讐者に似つかわしくなく、にかっと笑った。

そこで目的の部屋に案内され、戸を開く。

「お連れ様がお見えですよ」

案内の女がそう告げて、玲琳たちを室内へ通した。

きつい色味の装飾がなされた部屋を見やり、玲琳は唖然とした。傍らの葉歌も度肝を抜かれて目と口をぽっかり開けている。

部屋の奥には、柔らかな絨毯《じゅうたん》に悠然と座り、娼妓たちを侍らせて酒と料理を楽しんでいる男が二人いた。そしてそのうちの一人は——紛れもなく玲琳の夫であった。

「お……王様ああああ‼」

葉歌の怒声が部屋中に響き渡った。

玲琳はぱっと耳を塞いでやり過ごしたが、風刃はびっくりして飛び上がった。

「な、な、な……何やってるんですか！　こんなところで、汚らわしい‼」

葉歌は顔を真っ赤にして怒鳴る。

「浮気ですよ、お妃様！　今すぐ王様を誅殺しましょう！　さあ、ご命令を‼　さあさあさあ‼」

目を怒らせて牙を剝き、鍠牙をびっと指さす。

玲琳は葉歌の目の前でひらっと手を振り、彼女の視界を遮った。

「ちょっと落ち着きなさい」

「これが落ち着いていられますか！　あ、あんな淫らな女たちに囲まれて、へらへらして、ふしだらですわ！　やだやだ不潔！」

「いや、別にへらへらはしてないがな」

鍠牙が胡坐《あぐら》に頬杖《ほおづえ》をついて、呆れ声を出した。

「知己を訪ねてきたら、突然虻に刺されてな。酷い目暈《めまい》で動けなくなっていたのさ。誰の仕業か知らんが、不埒な蟲もいたものだ」

言いながら酒をあおる。

「で？　姫、こんなところに何の用だ？　あなたは今後宮でおとなしくしているべきなんじゃないか？　わざわざ俺を捜しにきたのか？」

彼は十日も寝込んでいたとは思えない余裕の態度である。しかしその顔色はまだ悪かったし、やつれも隠しきれてはいなかった。そんな体を引きずって、何のためにこんなところへやってきたのか……問い質したい思いはあったが、それ以前に玲琳は呪殺の依頼を受けた蟲師だった。

「違うわよ、お前を捜しにきたわけではないの」

玲琳はあっさりと鍠牙の言葉を否定した。

鍠牙は肩透かしを食ったようで、不思議そうな顔になった。

「私はここへ、蟲師として依頼を受けてきたのよ」

玲琳は鍠牙の隣に座る男をぴっと指さした。

「裏街で暗躍する暗殺者……私はお前を殺しにきたのよ」

嫣然《えんぜん》と微笑む玲琳に指され、男は玲琳・葉歌・風刃を順にねめつけた。

厳《いか》めしい顔つきの男だ。歳は鍠牙と同じくらいだろうか？　鍛えられた肉が服の上からでもはっきりと分かる。

男が軽く手で合図すると、侍っていた娼妓たちがさらさらと衣擦《きぬず》れの音をさせて退室した。

「風刃……お前何やってる」

男は射殺すような目で風刃を見据えた。

「この男はお前を殺したいと望んでいるわ」

玲琳が代わりに答える。

「姉をお前に殺された。その復讐をしたいと望み、私に呪殺の依頼をしたのよ」

「ああ……お前さんが噂のお妃様か。俺を殺す？　はは、蠱師も暗殺者の端くれだろうに、ずいぶん生ぬるいやり方をするもんだ。標的に真っ向から挑むのがお前さんのやり方か？」

男はぐいっと杯を乾《ほ》した。

「志弩《しど》、久しぶりだなあ。俺がこのお方に正面からぶち殺してほしいって頼んだんだよ。てめえと最後に話をつけるつもりでな」

風刃は志弩と呼んだ男にずかずかと近づいてゆく。料理と酒を挟んで仁王立ちになり、志弩を見下ろす。そしてにこっと笑った。

「なあ、志弩。てめえ何で姉貴を殺した？」

「お前に教える義理はねえよ」

頑として突っぱねられても、風刃のにこやかな表情は崩れない。

「ふざけんなよ。姉貴がガキの頃からてめえに惚れてたこと、知らなかったとは言わせねえぞ。てめえにとっちゃ馴染みの娼妓の一人かもしんねえけどなあ、姉貴にはそうじゃなかった。なんで殺した？」

風刃はむしろ優しいとすらいえる声音で語り掛ける。しかし志弩は答えない。

「あのさ、俺はお前を兄ちゃんとか父ちゃんみたいに思って慕ってたわけだ。なのに何を聞いても答えてくれねえってのは、そりゃあもうお前……殺してくれって言ってんのと同じだよな？」

風刃は小首をかしげて問いかける。やはり志弩は顔色一つ変えなかった。

どうやら彼らは旧知の仲であるようだと、玲琳は話から察した。どうも単純な復讐劇とはいかないらしい。

風刃はやれやれと嘆息し、玲琳を振り返った。

「玲琳様、依頼通りこの男をぶち殺してくださいよ。謝礼はいくらでも……俺が持ってるものなら全部渡します。たいしたもんは持っちゃいねえけどさ」

笑顔で乞われ、玲琳はにこりと笑い返して足を進めた。

「おい、ちょっと待て。この男を殺されると困る」

そう制止したのは鍠牙だった。

「これは俺が贔屓《ひいき》にしている男でな、今回も頼みたい仕事があってここまで足を運んだんだ。あなたに消されると酷く困る。やめてくれ」

玲琳と鍠牙は真正面から目を見交わす。奇妙に一瞬の火花が散る。お互いがお互いの思惑を察しようとするかのように——

無気力に痛んでいた今朝までの姿が嘘のように、彼の目には力があった。そしてその輝きの奥に、黒い何かが蠢いている。

「困るわね、お前の頼みより蠱師の依頼が大事だわ」

玲琳は冷たくきっぱりと夫を拒絶する。

「俺も困る、この男は必要なんだ」

鍠牙も譲らない。

「あんた、邪魔しないでくれよ。俺はこの野郎をぶち殺してでも何があったか知りたいんだからさあ」

痺《しび》れを切らした風刃が腕組みして文句を言う。

「言っとくが、たとえ殺されようと俺はお前に何も言うつもりはねえぞ」

志弩は淡々と言い捨ててまた杯を乾した。

四者ともに己の意見を曲げるつもりはないらしく、事態は膠着《こうちゃく》してしまう。

最初に一番喚いていた葉歌は、どうしたらいいのか分からないらしくおろおろしていた。

「このままでは埒が明かんな」

しばし沈黙を挟み、鍠牙がぽつりと言いだした。

「全員が己の要求を相手に呑ませたいと思っているようだが、全員がそれを呑みたくないという。仕方ない、ここはひとつ勝負して決めたらどうだ？」

そんなことを突然提案する。顔色は悪いままなのに、どことなく楽しんでいるようにも見える。

「何で勝負するつもり？」

玲琳は何か企んでいるらしい夫の提案に乗ってみた。

「飲み比べではどうだ？」

鍠牙は傍らの酒瓶をどんと目の前に置いた。

「勝者がこの場の流れを決められる。敗者はそれに逆らわない。これでどうだ？」

「俺は別に構わねえよ」

志弩があっさりと応じた。自信があるのだろう。

「面白そうだな、俺も乗ってやるよ。これでてめえにほんとのことを吐かせてやる」

風刃が張り合うように言う。

「あなたはどうだ？」

鍠牙は最後に玲琳の意見を求めた。

玲琳は顎に手を当てて思案する。

「飲み比べというのはしたことがないけれど……酒を飲めばいいの？」

「ああ」

何日もろくに食べていないこの男に酒の毒は強すぎると思えたが、何かあっても玲琳が傍にいれば対処できるだろう。

「受けるわ。お前の喧嘩《けんか》、買ってあげる」

「決まりだな、全員座れ」

鍠牙は自分の向かいを示した。

玲琳は優雅な所作でその場に座し、風刃は荒々しく音を立てて胡坐をかいた。呆れ顔の葉歌が背後に控える。

「おい！　強い酒をもっと持ってきてくれるか？」

鍠牙が声を張り上げると、すぐさま娼妓たちが酒を抱えてやってくる。

杯も四つ用意され、最初の一杯が注がれた。

「それじゃあ始めようか」

愉快そうに笑いながら鍠牙は杯を持ち上げた。

何を楽しそうにしているのだと玲琳は奇妙に思う。そしてその奥に潜む黒いものはいったい何なのだろう？　彼はそこまで壊れてしまったのだろうか……？

玲琳は注意深く鍠牙を観察しながら最初の一杯を乾した。


最初に脱落したのは風刃だった。

それでも並の人間よりは強かったと思うが、相手が悪すぎた。鍠牙と志弩はいくら飲んでも全く様子が変わらない。どうりでこんな勝負を提案して、真っ先に賛同するはずだと玲琳は納得した。

玲琳は彼らに合わせて淡々と杯を片付けていたが、周囲に注意を払い続けていた。何しろ鍠牙が何をしでかすか分かったものではないからだ。

「教えてやってもいいんじゃないか？　志弩」

鍠牙が杯をぐいっとやりながら聞いた。王宮にいる時よりいささか親しげな物言いをしているのが新鮮だ。彼は常に猫を被っているので、その下にあるものを覗かせることはほとんどない。この街に合わせて態度を変えている？　鍠牙は案外裏街に詳しいのかもしれない。

よく考えてみれば鍠牙が勝手に王宮からいなくなったのは、抜け道か何か知っていて脱走に慣れているからだと思われたし、よくよく思い出してみれば、彼は以前玲琳と共に裏街へ来た時やたら道に詳しかった。もしかすると、ここは彼の庭の一部なのではなかろうか？

「余計なお世話だ」

志弩はそっけなく拒否する。鍠牙はまた楽しげにくっくと笑った。なんて不気味な笑顔だろうかと玲琳は見入らずにいられなかった。

風刃はそんな会話を聞くこともできず、横でぐったりと横たわっている。

「ああ……くっそお……」

力なくぼやいている彼を、することのない葉歌が介抱してやっていた。

鍠牙と志弩は同じ速度で淡々と酒を飲み続けていたが、とうとう二人目の脱落者が出た。

「降参だ」

そう言って杯を置いたのは鍠牙だった。

自分が言い出しておきながら、全く悔しそうではない。それほど辛そうでもなく、どうやら酒の毒にやられて突然昏倒してしまうなどということはなさそうだ。

残った志弩はじろりと玲琳を睨んだ。

「言っとくが、俺は今までこれで負けたことはねえぞ」

「へえ、そう」

玲琳は相槌を打って次の杯を乾した。

鍠牙が向かいでくっくと笑っている。

この男はどうやら気づいているなと玲琳は思った。

それにしても本当に、彼は何を考えているのだろう？　玲琳は酒よりそちらの方が遥かに気にかかっていた。

そうしてどれだけ飲んだだろうか――

「おい……お前さん、何ともないのか？」

志弩が怪訝な顔で聞いてきた。杯を持つ彼の手はかすかに震え始めていた。

その頃には風刃も起き上がっていて、水を飲みつつ酔いを醒《さ》まそうとしていた。

「厠《かわや》へ行きたいわ」

玲琳はふうっと息をついて立ち上がった。

「さっきから何度も厠に立ってるが……お前さんまさか、飲んだ酒を全部吐いてるんじゃねえだろうな？」

険しく疑るように聞かれ、なるほどそんな発想もあるのかと玲琳は驚く。

「なんならここでしてあげましょうか？　私は酒をほとんど飲んだことがないからよく分からないのだけれど、尿意が近いのよ」

ぶっちゃけた玲琳に志弩は顔をしかめる。

「顔に似合わん品のないお妃様だな」

「面の皮一枚で中身を見抜けると信じているなんて、お前はずいぶん純真ね」

揶揄するように笑い、玲琳は次の酒を飲み干す。

頬に赤味一つ差さない玲琳を見て、志弩は気味が悪そうに顔をしかめた。

「あのー、そろそろ降参した方がいいですよ？」

心配そうに敗北を勧めたのは葉歌だった。

「あなたがいくら頑張っても無駄ですから。お妃様が負けることは万が一にもありませんよ？」

志弩はもう変な汗をかいている。それでも負けを認めようとはしない。

「……そんなことが何で分かる。このお嬢さんはほとんど飲んだことがないんだろ」

彼が往生際悪くそう言うので、玲琳は手近にあった大きな皿になみなみと酒を注いでみせた。驚く彼の目の前で、それを一息に乾す。

啞然とする一同の前で、濡れた唇をぬぐう。

葉歌がやれやれと嘆息しつつ言った。

「お妃様がほとんど酒を飲んだことがないのは、飲んでも意味がないからですよ。蠱師に酒の毒は効かないんです。彼女たちはいくら飲んでも酔いません。蠱師にとって酒は、味のついたただの水なんですよ」

葉歌の説明通りだ。玲琳は酔うことができないし、別段酒の味が好きなわけでもない。だからほとんど飲むことがないのだ。飲むとしたら、蠱術に使う時くらいである。

艶やかな唇に微笑を浮かべ、玲琳は更に酒を注ごうとする。

「さあ、いくら飲めばお前は降参するの？」

迫る玲琳を口惜しげに見返し、とうとう志弩は杯を置いた。

「俺の負けだ」

「最初から勝負はついていたのよ。お前は無謀な戦いに引きずり込まれたの」

多分鍠牙は玲琳に酒の毒が効かないことを分かっていた。分かっていてあえてこの勝負を提案したのだ。つまり、玲琳に協力してくれる気があったということだ。本当に、何を企んでいるのかまるで見当がつかない。

「さあ、私の勝ちだわ。約束通り話してもらうわよ。お前は何故、この男の姉を殺したの？」

その問いを聞いて、風刃がはっと顔を上げた。

玲琳は彼から志弩殺害の依頼を受けたが、風刃が真に望んでいるのは真実を知ることだ。玲琳が彼の依頼を果たすためにすべきことはそれなのだ。

「答えないなら自白用の蠱術を使うわ。廃人になってしまうかもしれないけれど」

さらりと物騒なことを言う。志弩はしばしのあいだ唇を固く引き結んでいたが、ようやく観念したように口を開いた。

「……病に罹《かか》った」

「え？」

「あいつは不治の病に罹って死にかけてた。酷く苦しんでて、殺してくれと言われた……だから殺した」

ぽんと小さな毬《まり》を投げるように彼は言葉を放った。

「それが理由なのか？」

風刃が真顔で聞く。

「ああ」

志弩は静かに肯定した。

不治の病に苦しむ者が安らかな死を求める……時折耳にする話だ。玲琳は母がそういう患者に毒を飲ませる場面を見たこともある。ただ、それを殺したと表現する者はあまりいない。

真実を告げられた風刃は、大きく荒い息を一つついた。

「……そんなことだろうと思った」

肩から力が抜けてゆくのが傍目《はため》にも分かった。

「てめえが姉貴を殺すとしたら、まあそういう事情だろうと想像はしてた」

「だったら何で……」

「てめえがほんとのこと言わねえからだろうが！」

急に声を荒らげる。

「言やあいいだろ！　姉貴のためにやったんだって！　てめーがなんも言わねえから、こんなわけわからんことになってんだろうが！」

言いながら、風刃はバンバンと床を叩いた。

この男、あそこまで強固に呪殺を頼んでおきながら、わけわからんことになったと思っていたのか……

「言わなかったのはもしかして、殺されたかったからかしら？」

玲琳はふと思いついて口を挟んだ。

「誰かに罰してほしかったの？　そのために黙っていた？　この男がお前を殺しに来るのを待っていたの？」

矢継ぎ早に問いを重ねる。志弩は険しい顔で黙りこくった。肯定を表しているかのようだった。

「まじかてめえ……」

風刃が頬を引きつらせて呟いた。

「馬鹿か、そんなに罰が欲しいなら俺がやるよ。立ちやがれ！」

言うが早いか志弩の胸ぐらをつかみ、無理矢理立ちあがらせる。そして、問答無用で殴りつけた。

志弩は殴られる瞬間まではっきりと目を開けていたから、躱《かわ》そうと思えばいくらでも躱せただろう。しかし身じろぎもせずにその拳を受けた。

吹っ飛び、倒れ、そのまま腕で顔を覆い、動かなくなった。

「依頼は完遂されたということでいいのね？」

玲琳は荒い息をついている風刃に確かめる。彼はしばし唇を引き結び――

「……玲琳様、やっぱりあなたは最高の怪物だ」

憑《つ》き物《もの》が落ちたような顔でそう言った。

玲琳は満足げな微笑を浮かべ、さてと鍠牙に向き直る。

「あとはお前ね。お前の要求はあの暗殺者を生かしておくこと……だったかしら。何を依頼するつもりだったの？　場合によっては協力するし、ことと次第によっては勝者の権限でお前の行動を禁じるわ」

玲琳はやけに機嫌のいい不気味な鍠牙に問いかける。

彼は爽やかに笑いながら答えた。

「ああ、ちょっとな。夕蓮《ゆうれん》を暗殺してもらおうと思っただけなんだ」

それはいかにも鍠牙がやりそうであり、しかし決してやらないことでもあったので、玲琳は訝った。

「どういうこと？」

「月夜殿の脅威は去ったが、やはり夕蓮の存在は生まれてくる子に有害だろう？　今ならあの女を殺せるんじゃないかと思ってな」

弾む声で鍠牙は語る。

「あなたが懐妊したと聞いた時、今しかないと感じたんだ。たぶん俺は今なら、何でもできるだろうと思うぞ」

歌うような軽やかさで。

そこで唐突に玲琳は気が付いた。

鍠牙は玲琳の懐妊に動揺して心を病み、逃げ出した——と、玲琳は今の今まで思っていた。そうではなかったのだ。彼は今——浮かれているのだ。できもしないことを夢想してしまうくらい機嫌がいいのだ。

「お前……もしかして私の懐妊が嬉しかったの？」

玲琳は呆気に取られて確認した。

「は？　当たり前だろう？」

何を馬鹿げたことをというように鍠牙は笑った。

玲琳はほとんど眩暈がした。

考えれば分かることだった。痛みは彼を痛めないし、苦しみは彼を苦しめない。楊鍠牙を本当に痛め苦しめるのは——幸福だ。鍠牙は玲琳の懐妊を喜んだのだ。それを幸福だと思ったのだ。だから彼は痛み、苦しんだ。そしてその痛みと苦しみを全部呑み込み、今彼は上機嫌で浮かれている。

この男は浮かれると母親を暗殺しようとするのか——

玲琳は鍠牙のことを全て理解したような気でいたが、まだまだ何も分かっていないのだと思い知った。彼の奥底には、玲琳も見たことのない毒の海が果てしなく広がっているに違いない。

「おやめ」

玲琳は余分なところを全て省いて端的に命じた。

「何を？」

「夕蓮を殺すのはおやめ。どうせできはしないのだからやめておきなさい」

「今ならやれそうな気がするんだ」

彼は声を弾ませる。

「無理よ、勝者の言うことを聞きなさい。敗者は勝者の言葉に従うと決めたのはお前でしょう？　約束を破るつもり？」

「ああ、破るつもりだが？」

鍠牙は平然と言ってのけた。

「なるほど、どうりですぐに負けを認めたはずだわ」

最初から破るつもりだった約束のために行う勝負など、何の意味もないではないか。

「志弩は俺が知る限り二番目に優れた暗殺者だ。彼ならやれるはずだと俺は信じているんでな」

おそらく一番優れた暗殺者であろう葉歌がぴくりと反応する。

志弩はもう起き上がっていて、姿勢を正し、鍠牙を真っ直ぐに見ていた。

「それが依頼なら俺は断らない。本当にやっていいんだな？」

「だから無理だと言っているのよ。暗殺者ごときが、あの化け物を殺せるはずがないでしょう？　人間にはできないことがあるのよ！」

玲琳は鼻息荒く説得する。

「姫、殺せない人間などいない。俺はやると決めたんだ。今なら斎と戦っても勝てる気がするぞ」

瞬間、玲琳はこの浮かれた男の顔面を殴り飛ばしてやりたい衝動にかられた。

この馬鹿は、どこまで馬鹿になれば気がすむのだ。

そしてたぶん、この男の馬鹿さ加減とそこに隠れる暗い毒に惹《ひ》かれている自分こそが、誰より馬鹿に違いない。

「少し現実を見なさい」

冷たく言い捨て、玲琳は指を鳴らした。途端、鍠牙は顔を歪めて絨毯に蹲った。

「忘れたの？　お前はもう、私の許しなしに悪さすることはできないのよ」

玲琳は苦しむ鍠牙を仰向《あおむ》かせ、その頬をバチンと両手で挟んだ。

「夕蓮にも！　お姉様にも！　私にも！　お前は勝てない！」

きっぱりと言ってのける。

「分かったら諦めなさい」

「……だが今なら……」

「葉歌」

往生際悪く駄々《だだ》をこねる鍠牙を無視して、玲琳は忠実なる女官を呼んだ。

「はい、お妃様」

葉歌は速やかににじり寄り、鍠牙の腹をぼかっと殴った。その一撃で鍠牙はあっけなく撃沈する。

一つ大きく息をつき、玲琳は立ち上がった。

「お騒がせしたわね、帰るわ」

言うが早いか踵を返して妓楼から出て行こうとする。

「お妃様！　王様を運ぶの手伝ってくださいよ！」

「嫌よ」

「俺が運ぼう」

志弩が代わりに請け合った。

彼と鍠牙の関係は未だによく分からないが、母の暗殺を依頼しようとするくらい信頼している相手であることは確かだった。

玲琳が外へ出ると、葉歌と、鍠牙を担いだ志弩がついてきた。最後に風刃が出てくると、彼は突然玲琳の前に跪いた。

「玲琳様、ありがとうございました」

「ええ、報酬はもらうわよ」

「俺が差し出せるものなら何なりと。あなたの犬になって、生涯お仕えします」

陶酔するかのように、彼は玲琳を見上げる。

「どうしてそこまで蠱師に憧れるの？」

ふと不思議に思って聞いてみた。玲琳は大概人の心に興味を持たないが、この時はなんとなく気になった。

問われた風刃は難しい顔で首を捻った。

「……どうしてと言われても……昔から気持ち悪いものが好きだったんですよ。周りの奴《やつ》らには、気持ち悪いものが好きな俺のことも気持ち悪いって言われた。だけど、どれだけ貶《けな》されても嫌われても、俺は気持ちの悪いものが好きだった。だから死ぬまで好きだろうと思う。理屈じゃない、ただ好きなんだ。何かのために生きるなら、死ぬまで好きなもののために生きていたい」

「……そう、分かったわ。報酬に、お前の忠誠をもらうわ。だけど、王宮へ入れるのは限られた人間だけよ。お前がそこへ加われるのなら、お前を犬と呼んであげる」

ひらりと遠ざけるように手を振る。風刃はキラキラと瞳を輝かせた。

「待っててくださいよ。俺はあんたの靴を舐めてみせる」

本当におかしな男だと玲琳は思った。

「お妃様、無視ですよ無視。ああいう変質者は相手にしちゃいけません」

葉歌がこそっと耳打ちする。失礼だと言いたいところだが、まあ正論ではある。

しかし玲琳は彼の決意を否定しなかった。この男は玲琳を追ってくるだろうと何故か確信した。はっきり言えば、玲琳はこの男を気に入ってしまったのだ。

「いいわ、お前が本当に来たら舐めさせてあげるわ」

「お妃様！　ダメって言ってるでしょ！」

葉歌の怒鳴り声を無視して、玲琳は街外れに止めた馬車へ向かって歩き出した。

風刃はその後ろ姿をいつまでも見つめていた。


「ずいぶん楽しい約束をしたらしいな、姫」

翌日、どうやら葉歌から事情を聞いたらしい鍠牙の笑顔に詰め寄られた。

「あなたはいつもそうやって無自覚に人を誑《たら》しこむ。俺はそれが気に入らない」

「そう？　でも仕方がないわ。私はあの男が気に入ったのだもの。万が一あれがまた私の前に現れても、悪さをしてはダメよ？」

たちまち鍠牙はぶすくれた。

「分かってるよ。いくら邪魔で鬱陶しくて八つ裂きにしたいほど憎らしくとも、俺は姫のお気に入りを壊したりしないさ」

「いい子ね」

ふふんと笑って玲琳は鍠牙の頰を撫でた。

「俺は機嫌がいいからな」

痛みと喜びを同居させて、鍠牙は浮かれ続けている。

まったくなんて奇特な男。どれほどおかしな人間が玲琳の前に現れたとしても、この男を超える珍奇な者はいないだろう。

「私が裏街育ちの野良犬を可愛がっても、同じことが言えるといいけれど」

玲琳はからかうように言った。

そうは言っても、裏街でぼろを着ていたあの男が、王宮にいる玲琳の前に再び現れるのは難しいだろう。夢物語程度の話で終わるのかもしれない。

しかし不思議と、玲琳はあの男が再び目の前に現れると確信しているのだった。

それは遠い先のことになるのかもしれないけれど……

そんなことを考えながらくすくすと笑う。

その予想が外れるのは、それから少し先のことになる。

閑話ノ三

「葉歌さーん！　一緒にお茶しましょうよ。ねえ翠、いいわよね？」

「もちろんよ、藍。ご一緒しましょ、葉歌さん。美味《おい》しいお饅頭もあるのよ」

「わあ！　行きます行きます」

この田舎にきて一番良かったことっていうのは、お菓子が斎よりずっと甘いってことなのよね！

「最近茶葉を仕入れるお店を変えたんですって。味、違う？」

「あ、ほんと、美味しいですね〜」

細かい味の違いなんか聞かれても困るんだけどなぁ。子供の頃から毒ばっかり飲まされて、味覚が麻痺《まひ》してるんだから。

「ねえねえ、最近近衛隊に新しい人が二人入ってきたの、知ってる？」

「え？　どんな人ですか？　知りたい知りたい」

「一人はねえ、良家の出身なのに一兵卒から軍に入った変わり者で、ふふふ……すごい美男子なの」

「へー、素敵！　会ってみたいです」

あー楽しい。平和な後宮で女の子たちとお茶しながら素敵な殿方の話をするなんて、ほんと夢みたい。私みたいな平凡な女には、こういう長閑な幸せが似合ってるんだわ。

お妃様みたいに毒々しい人生を送るなんてありえない。

「今度お茶の席にでも呼んでみましょうよ。最近陛下の護衛役に任命された男の子だから、すぐに会えると思うわ」

「え？　それってまさか……苑雷真さんのことですか？」

「あら！　そうよ、知ってるの？」

うげげ……あの小僧？　蠱師を目の敵にしてる堅物のあの若造？　あんなのと仲良くお茶なんてありえない。あれはお妃様の敵なんだから、何か変なことしたらぶち殺してやらなくちゃ。あー、お饅頭美味しい♡

「私、年下の子は対象外なんですよねえ。どこかにもっといい殿方はいないかしら」

「そっかあ、じゃあもう一人の新人君もダメね。その子もまだ若い子で、なんと裏街出身なんですって。軍に入って早々、近衛隊に取り立てられたそうよ」

裏街出身の若い新人近衛兵ですって……？　何か嫌な予感がするわね。いけないいけない、何でも悪い方に考えちゃダメよ。面倒ごとはもう充分。こうやって女子らしく、きゃっきゃとおしゃべりしてるのが一番なんだから。今度その近衛兵とやらをこっそり監視してみようっと。厄介ごとを持ち込むヤバそうな相手なら、やっぱりぶち殺してあげなくちゃね。あー、お茶美味しい♡

「なかなか自分にピッタリくる男って現れないわよねえ」

「ほんとですよねー」

「お妃様と陛下みたいに相思相愛で比翼連理のごとき最高の夫婦なんて、そうそういないってことなのよね」

「ほんとですよねー」

いや、あれが最高の夫婦だったら、この世は破滅だわ。二人そろって毒毒毒毒……いい加減飽きないのかしら？　ちょっとは私たちみたいに長閑な昼下がりを過ごそうとか思わないの？　あ、そういえば昨日忍び込んできた間諜《かんちょう》の死体、早く片付けなくちゃ……後で利汪様に頼んで捨ててもらおうっと。

「葉歌さんって、どういう殿方がお好みなの？」

「そんなに理想は高くないですよ。素敵な殿方ならそれで充分」

「でも妥協するのって嫌よね。どうせなら最高の人と結ばれたいもの」

「そんなこと言ってると適齢期逃しちゃうわよ、藍」

「あなたもね、翠」

あーあ、私も早く素敵な殿方に出会いたい。本当に理想が高いわけじゃないんだけどなあ……。まあ最低でもお兄ちゃんよりは素敵な人なら文句ないもの。お兄ちゃんより強くて、お兄ちゃんより頼もしくて、お兄ちゃんより優しくて、お兄ちゃんより私のことを大事にしてくれる……その程度の殿方が現れてくれたら充分よね。

「そういえば、最近入った後輩が生意気なのよね〜」

「そうそうそうなの、葉歌さんも会ったことあるんじゃない？　ほんと可愛くないのよ。もう虐《いじ》めちゃおうかな」

「そんな、可哀想《かわいそう》ですよ」

やだステキ……ぞくぞくしちゃう。物語で読んだ女の子たちのどろどろの争いが目の前で繰り広げられてるなんて。

「みんな仲良くしましょうよ、お茶美味しいですねえ」

「お饅頭もね。今度街の菓子屋の新作を取り寄せてみましょうか」

「わあ！　いいですね。楽しみ」

あー楽しい。こういう平穏な一時が、一番楽しいのよね！

第四話　冬ノ謀

雪の降りしきるある日の夕暮れ時——

「宝石が一つないわ」

玲琳は部屋の棚に置いていた小箱を開けて呟いた。

繊細な細工が施されたその宝石箱には、故郷の姉からもらった宝石がぎっしりと詰まっていて、必要な時だけ開かれる。しかし今日はいつもと位置が少し変わっているような気がして、蓋を開けてみたところ大粒の青い宝石が一つなくなっていた。

「えっ!?　宝石が？　数え間違いじゃないんですか？」

部屋を整えていた葉歌が慌てて駆け寄ってきた。

宝石一粒とはいえ大帝国斎の女帝から贈られた物であり、その価値は計り知れない。なくなったとなれば大ごとだ。そんなものを無造作に放置しておく方が悪いといえば悪いのだが、玲琳には宝石を貴重品として大事に扱うという感覚がないのだった。

「間違いないわ、一つ足りない」

「……！　私は盗んでませんよ!?　確かに綺麗だなあと思って時々眺めたりしてますけど、盗《と》ってませんからね！」

葉歌はたちまち血相を変えて首と手をぶんぶん振った。

「分かっているわよ。お前だったら私に気づかれるような粗忽《そこつ》をするはずはないわ」

葉歌なら、箱の位置がずれたまま放置するようなことはするまい。

「それじゃあどうして宝石がなくなったり……。まさか……泥棒!?」

「そうね、その可能性が一番高いのではないかしら」

女官たちは玲琳の道具に触らない。どこにどんな毒が潜んでいるか分からないから、掃除などをするのは葉歌だけだ。女官たちがうっかりどこかへ——というのは考えにくい。

「何てことでしょう！　後宮に泥棒が！　捕まえなくちゃ！」

いきり立つ葉歌と対照的に、玲琳は冷静な頭で考える。

「そうね、放置しておくと更に盗みを働くかもしれないわ。宝石ならまだしも毒を盗まれるわけにはいかないもの……」

すると葉歌ははっとした。

「もしかしたら、他にも盗まれた物があるかもしれませんわ。調べてみましょう」

「そうね、もっと貴重なものを盗まれていたらいけないわ」

「宝石より貴重なものって何なんですかね。想い出とかですかね」

「それもまた貴重品ね。想い出から毒が生まれることもあるのだから」

玲琳はジト目の葉歌を尻目に、部屋中を漁《あさ》り始めた。

そうして捜索を終えた頃、部屋の入り口がコンコンと叩かれた。夫の鍠牙が入り口に立ち、部屋に入らず壁を叩いていた。

「姫、少し相談なんだが……泥棒でも入ったか？」

彼は片っ端から引きずり出された物の溢れる部屋を見て、怪訝な顔をする。

「そうなんですの！　泥棒ですわ！」

葉歌はくわっと牙を剝いた。

その勢いに鍠牙はたじろぐ。玲琳は葉歌の肩を押さえて黙らせると、床の物を踏まないように足を上げて入り口まで歩いていった。

「盗まれた物があるのよ。でもまあ、それはこちらで対処するから、お前が気にする必要はないわ。相談というのは何なの？」

犯人など、見つけようと思えばすぐに見つけられる。玲琳の物を持っている相手なら、容易く呪うことができるのだから。

鍠牙もそれが分かったのだろう、それ以上話題にすることはなく話を進めた。

「そろそろ護衛役を決めておこうと思ってな」

まったく彼の相談は不親切すぎて、玲琳には意味が分からなかった。

「護衛役？　誰の？」

「生まれる子の護衛役に決まっているだろ！」

信じられないというように、やや非難がましく鍠牙は言った。懐妊が分かってからかなり経つが、この男は相変わらず浮かれている。

「適当に決めて構わないわよ」

「構わないわけないだろうが。子の護衛ということは、あなたの傍に侍る者でもあるんだぞ。気に入らない者を護衛にして、あなたが腹を立ててそいつを蟲の餌にしたりしたらどうする。その護衛役が気の毒だろう」

それは気の毒どころの騒ぎではないだろう。

「まあそうね、少なくとも私の邪魔をしない人間がいいわ」

「だからあなたに選んでもらおうと思ってな。実はもう、二人まで絞ってあるんだ。どちらも近衛隊の若者で、あなたは気に入るだろうと思う」

含みのある言い方をされて、玲琳は彼の真意を探るように顔を見上げたが、鍠牙は相変わらず浮かれた様子でそれ以上の何かはのぞかせなかった。

「今すぐここへ呼ぼうか？」

「……明日まで待ってちょうだい。これを先に片付けないといけないの」

玲琳は散らかった部屋をひらりと袖で示す。
「確かにな、なら明日だ」

その晩のこと――
真っ暗な王妃の部屋にこっそりと忍び込んだ者がいた。
その人物は部屋を探り、目的のものを見つけると静かに部屋を出て行った。

そして翌日――
玲琳は鍠牙の部屋で護衛役の候補と対峙した。
二人の若者を見た瞬間、玲琳は驚き――同時に納得した。
一人の若者は以前月夜の惚れ薬のせいで玲琳に落ちてしまった堅物の美男子、雷真。
もう一人は、裏街で玲琳の犬になりたいと懇願した精悍な若者、風刃だった。
ゆったりと長椅子に座る玲琳の前で、二人の若者は礼をとる。
玲琳の傍らに立つ鍠牙が愉快そうに彼らを示した。
「この二人は近衛兵の中でも特に若く、優秀だ。子を守ってくれることだろう。どちらでも気に入った方を選んでくれ」

「……お前たちにその意思はあるの？」

　玲琳が二人に向けて確認すると、雷真は真っ先に答えた。

「無論です。世継ぎの君を守るお役目、命に替えても全うする所存です」

　美しい瞳を揺るがしもせず断言する。しかしその奥には厳しく咎めるような色がありありと宿っていた。この男は相変わらず蠱師が嫌いらしいが、あの一件から表立って反抗してくることはない。どうやら恥じていると見える。

「俺ももちろんこのお役目をいただくつもりですよ！」

　風刃がばしんと己の胸を叩いて声を張った。以前と同じく、どこにいても人の目を引く活力に満ちている。そしてその瞳には憧れという名の輝きが宿って、キラキラと玲琳に降り注いでいるのだった。

　まさかこんなにも早く、この男が再び玲琳の前に現れるとは……

「約束通り、あなたの靴を舐めに参じました、玲琳様。どうぞ犬とお呼びください」

「馴れ馴れしい口をきくな、無礼者」

　軽口を叩く風刃を、雷真が咎めた。お調子者と生真面目男ではどうにも気が合わないようだ。

「おぞましく汚らわしい蠱師であろうと、陛下の妻女であられる」

そう諭す雷真の方がよほど無礼であったが、玲琳はそういう無礼に慣れ過ぎていた。王妃ではなく陛下の妻女という言い方が、鍠牙を中心にものを考えているようで少し面白い。

風刃は雷真を無視して、ずずいと前に身を乗り出した。

「玲琳様、こんなヤツを傍に置く必要ないですよ。どうか俺を選んでください。どこまでも付き従い、蠱師の血を引く御子《みこ》を守ってみせますから」

「貴様には無理だ」

雷真が冷たく言い捨てる。

「はあ？　てめえに言われる筋合いはねえよ」

風刃がじろりと睨みながら言い返す。

「貴様のような品性に欠ける男が世継ぎの君の護衛などありえない」

「馬鹿じゃねえの。世継ぎかどうか決まってねえし」

「どちらにせよ裏街育ちの粗野な小僧に務まる役ではない」

「どの口が言ってんだ。てめえも同い年だろうが」

「私は初夏生まれだ」

「残念でしたぁ～俺春生まれですぅ～」

「貴様！　やるのか！」

「おう！　やってやろうじゃねえか！」

たちまち二人は胸ぐらを摑み合う。

「鍠牙？」

玲琳は非難の意を込めてじろりと夫を見上げた。

自分は何を見せられているのだ。

「いや、この諍《いさか》いを見るのが意外と面白くてな」

鍠牙はそんなことを言って人の悪い笑みを浮かべている。

国王夫妻そっちのけで、目の前の若者たちは今にも殴り合いを始めそうだ。

「二人ともそろそろやめろ」

「いいかげんになさい」

「申し訳ありません、陛下」

「了解です、玲琳様」

鍠牙と玲琳が同時に止めると、二人はころっと態度を変えて相手から手を離した。

玲琳は一考し、護衛候補の話を聞いてからずっと企んでいたことを提案した。

「いいわ、お前たちのどちらかを生まれる子の護衛に任じるわ。その代わり、どちらがその役に相応しいか、競ってもらう」

玲琳は軽く腕組みして言った。途端、彼らは一瞬目を合わせてバチッと火花を散らし、すぐにふんっとそっぽを向いた。仲が悪すぎる。

「昨日、私の部屋から宝石と書物と毒が盗まれたわ」

玲琳は彼らの不仲を脇において話を進めた。雷真がたちまち血相を変える。

「宝石と書物が盗まれた!? 何者の仕業ですか？」

毒という言葉を無視した彼に、玲琳は思わず笑った。

「それをお前たちに調べてもらうわ。犯人を捕まえた者を護衛に任命する。それでどうかしら？」

「なるほど、分かりやすいですね。俺は承知しました」

風刃がちょっと楽しげに目を光らせた。

「このような事件を賭け事に使うのは……」

生真面目な雷真は顔を曇らせる。が、

「はは－ん、自信ないんですかぁ？」

「あるに決まっている！」

風刃の挑発にたちまち乗った。

「この勝負、受けて立ちましょう。必ずや私がこの手で犯人を捕らえてみせます」

と、雄々しく断言したのだった。ちょろすぎやしないかと玲琳は彼の人生を案じた。

「ではお前たちに任せるわ。私の物を盗んだ犯人を見事捕まえてみせて」

「「お任せください」」

にっこり微笑んだ玲琳に、二人の若者は恭しく礼をした。

鍠牙の部屋を後にした雷真は、さっそく女官たちを順に呼んで話を聞くことにした。王妃の宝石や毒が盗まれたという話はもう後宮中に広まっていて、女官たちは雷真の呼びかけにすぐ応じてくれた。

「怪しい者を見ていないか」「金に困っている者はいないか」「その日何をしていたか」あれこれ尋ねながら、彼女たちの反応を見る。

年上の女官たちは何故か楽しそうにはしゃぎ、世間話をしながらあれこれと情報を垂れ流してくれるが、どの女官も一つだけ同じことを言った。

「お金に困ってるのは秋茗《しゅうめい》よ」

話を聞いてみれば、秋茗というのは後宮で働く新米の下女だという。それが最近、玲琳の目に留まり女官に格上げされたのだとか。

「秋茗は裏街出身の女の子でね、弟妹たちが十人もいるんですって。手とか足とかぼろぼろでね、可哀想なのよ」

「なるほど、その女官が怪しいというわけですね」

「うーん……あの子はそんなことする子に見えないわ。とっても一生懸命働く子だし、それに賢い子よ。それでお妃様にも気に入られたくらいだもの。お妃様の物を盗むなんて考えられないわ」

「そうですか……貴重な情報をありがとうございます」

「ふふ、お役に立ててうれしいわ。ねえ、今度のお休みは暇？」

「多忙です。では次の方」

すげなく切り捨てると、女官は残念そうに去って行った。

いったい何故、急に休みのことなど聞かれるのだろうかと不可解に思う。近衛隊に入ってからというもの、しばしばこういうことがあるが、自分は何か疑われているのだろうか？　新米のくせにぬくぬくと休むなどありえないと、咎められているのだろうか？　より一層精進せねばと気を引き締めるのだった。

次に入ってきた女官はまた新たな情報をもたらした。

「私は秋茗と同室なんですが……昨日の夜中、秋茗が部屋からこっそり抜け出すのを見てしまいました」

「どこへ行ったのかは分かりますか？」

「……なんだか様子が変だったので、後を追いかけたんです。泣いてたし……具合が悪いのかと思って……そうしたら、あの子はお妃様の部屋へ忍び込んでいました」

忍び込んだ——!?　それはまさしく犯人の証拠ではないか。雷真は立ち上がりかけたが、すぐおかしなことに気が付いた。玲琳からはあの後この事件の詳しいいきさつを聞いた。盗難に気付いたのは昨日の夕方だったという。ならば深夜に部屋へ入ったのは犯行のためではない。彼女が犯人ならば、二度目の侵入だったということになる。もしや、一度目の犯行で騒動を起こし、そのどさくさに紛れて深夜別の物を盗みに入った……などということはないだろうか。

雷真は険しい顔で考え込んだ。

「あの……お妃様はご自分の部屋でお休みにならないから、夜は無人だし……私、訳が分からなくて……声をかけるのも怖くて……部屋に戻ったんです。しばらくしたら秋茗も戻ってきたんですけど、今朝になったらお妃様の宝石がなくなったって噂になってて……もしかしたらって……」

「彼女が犯人だという可能性はありますね」

話を吟味し、雷真はそう結論付ける。

「でもあの子はそんなことする子じゃないし……」

「印象では正しいことなど何一つ判明しません」

冷たく言う雷真に、女官は黙り込んでしまった。

「貴重な情報をありがとうございました。犯人は私が捕らえますのであなたが気に病む必要はありません」

女官を退室させると、雷真は思案する。その秋茗という女官、もっと調べてみる必要がありそうだ。


一方その頃、風刃は女官たちがのんびりとくつろぐ休憩室に入り込んでいた。

「なるほどねー、お姉さんたちはその秋茗ちゃんが怪しいと思うわけだ？」

「えー？　どうかなあ……真面目で良い子なんだけど。ただ、お妃様の部屋に入れる女官ってほとんどいないのよね」

「そうそう。そもそも、お妃様の物を盗むっていうのがありえないのよね」

「へえ？　何で？」

風刃が目を煌めかせて身を乗り出すと、女官たちはかすかに頬を染めた。こういう態度が彼女たちを喜ばせることを風刃は知っている。

「だって、どこに毒が仕込んであるか分からないんだもの。危なくて触れないわよ」

「なるほどねー、確かにお姉さんたちの言う通りだ」

「そうよ、だからお妃様の物を本当に盗んだとしたら……その盗人《ぬすっと》は命を懸けてでも宝石を盗みたかったくらいお金に困ってるってことじゃない？」

「秋茗ちゃんはお金に困ってるんだ？」

「んー……内緒にしてくれる？」

女官は声を低めて顔を寄せた。

「するする」

風刃も小声になる。

「秋茗の弟さんは重い病なんですって。高い薬代を稼ぐために、ここまで奉公にきてるみたいよ」

瞬間、胸の中をひやりとした風が撫でた。自分が傍にいない間に死んでいった姉のことを思い出した。しかしそれを奥深くに押し込めて、風刃は悲嘆の表情を作った。

「そっか、それは気の毒だなあ。秋茗ちゃんにも直接話を聞いてみたいんだけど、どこにいるか知ってる？」

「この時間ならお妃様の着物を調《ととの》えてる途中じゃないかしら？　衣裳《いしょう》部屋の近くだと思うわよ」

「じゃあそこに行ってみるよ。ありがとう、お姉さんたち」

風刃はにかっと笑って手を振った。女官たちも甘い笑みで手を振り返す。

「風刃君、またね～」

送り出されて、衣裳部屋へと向かう。たどり着いて部屋の戸を開けると、中では数人の女官たちが着物に香を焚きしめたり刺繡《ししゅう》をしたりと仕事をしていた。

「なあ、秋茗ちゃんってここにいる？」

風刃は部屋の中をきょろきょろ眺めまわして尋ねた。すると、部屋の隅にいた一人の女官が立ちあがった。

「秋茗は私です」

風刃は少し驚いた。想像と少々違っていたからだ。

秋茗はまだ十二、三歳の少女だった。ぽっきり折れてしまいそうな細い体の幼い少女。これが弟の薬代を稼ぐため奉公に？　まあ……裏街ではよくあることだ。

「あのさあ、ちょっと話を聞いていいかな？」

「……今、仕事の途中なので」

秋茗は背後をちらっと気にした。するとそこで仕事をしていた年上の女官たちが腹立たしげなため息をつき、こちらを睨みながら言った。

「ねえ秋茗さん。こっちの仕事もお願いね」

「あ、私のもやっといて〜」

よく似た顔の女官たち。姉妹だろうか？

「はい、すぐにやります」

秋茗は急いで仕事に戻ろうとする。

「それに、昨日頼んだ仕事はできてるの？」

「そうよ、私が頼んだ分もまだできてないんじゃない？」

「……すみません。それもすぐにやります」

「急いでよね、私たちが怒られちゃうじゃない。あなたそのくらいしか役に立たないんだから少しは努力してよ」

さすがに見過ごせず、風刃は口を挟んだ。

「お姉さんたちは仕事しないのか？」

軽く尋ねただけだったが、女官たちはたちまち怒りと羞恥で顔を真っ赤にする。

「何よ、嫌ならやらなくていいのよ！」

「……嫌じゃないです、やります」

「じゃあお願いね！」

女官たちは酷く気分を害したらしく、つんと顎を逸らして部屋から出て行った。

秋茗は困ったように彼女たちの後ろ姿を見送る。女官たちは一度じろりと振り返り、険しい目つきで秋茗を睨むと、すぐにぷいっと前を向いて立ち去った。

秋茗は力なくうなだれ、その場に立ち尽くした。

「……ごめん、俺余計なこと言ったたな」

ついやってしまった。ああいう場面に男が口を挟んで事態が好転するはずはないのに、我慢できなかった。苛立ちから頭をがりがりと掻《か》き、毒を食らわば皿までだと腹を括る。

「秋茗ちゃん、もしかして嫌がらせされてるのかい？」

嫌がらせという言葉を聞いた瞬間、秋茗はぐっと拳を握った。

「……いいえ」

「お妃様に気に入られて、嫉妬でもされてる？」

すると秋茗は顔を上げ、何とも形容しがたい表情になった。

「あのお妃様に気に入られて喜ぶ女官はあまりいないと思います」

その答えに風刃は笑ってしまいそうになる。気持ちの悪いものが嫌われるのは当たり前だ。玲琳が忌避されるのも当たり前だ。ただ、自分がそういうものに惹かれてしまう性質だというだけのことなのだ。しかしその本心を隠してしまうことが大勢の中で楽に生きる方法だということも風刃はよく知っていた。裏街という場所においてさえそうだったのだ。だから何でもない顔をして話を切り替える。

「君って裏街の出身なんだろ？　俺も同じ、裏街出身なんだぜ。ガキの頃から盗みは何度もやったな。捕まってぶち殺されかけたこともある。だから、物を盗る奴の気持ちはわりと分かる」

風刃が何を言おうとしているのか把握できないらしく、秋茗の眉間には小さなしわが刻まれた。彼女の幼さに相応しく、力を抜けばたちまち消えてしまいそうな薄いしわだ。

「あのさあ、むかついたら殴ってくれていいんだけどさ、一個だけ聞かせてくれよ。秋茗ちゃん、お妃様の毒と書物と宝石を盗んだ？」

直球で聞くと、秋茗は目を皿のように丸くし、しかしすぐに首を振った。

「そんな馬鹿げたことしません」

恐ろしいことでも罪深いことでもなく、馬鹿げたこと——と言ったのが印象的だった。この子は案外気が強いと風刃は思った。

「そうか、ごめん。それじゃあさ……」

そこで衣裳部屋に新たな人物が突然入ってきた。

見た瞬間、風刃は苦虫を噛《か》み潰《つぶ》したような顔になってしまう。

堅物の雷真が堅物らしい表情で入ってくると、風刃を見てかすかに顔をしかめる。

「秋茗殿はここにいるか？」

「……私です」

立て続けの来訪者に、秋茗は不安そうな顔をした。秋茗の幼さを目の当たりにして、雷真は一瞬瞠目する。自分もさっき同じような顔をしたのかもしれないと思うと、風刃は何やらむかっ腹が立った。風刃の腹立ちなど意にも介さず、雷真は話を続ける。

「君の部屋を調べさせてほしい」

「……え？」

「君がお妃様の部屋に忍び込んだところを見た者がいる。君の部屋を調べる必要があると私は考えている」

「……私は何も盗っていません」

「やましいことがなければ調べられても問題はないはずだ」

「そんな……」

「ははっ、馬鹿一匹はっけーん」

風刃はずいっと秋茗の前に出て、雷真を嘲笑《あざわら》った。

「何が言いたい、貴様」

バチバチと二人の間に火花が散る。

「別にー。ただ、てめえがクソほどモテねえことは今のでよく分かったわ。女の部屋漁るとか、ただの変態だぜ」

「貴様にどう思われようと、私は痛くも痒《かゆ》くもない。この後宮に盗人がいるのなら、一刻も早く捕らえなければみな安心して暮らせないだろう」

「なるほど、だったらてめえ……」

「やめてください」

凜とした声が割って入った。秋茗が風刃の袖を引いている。

「分かりました。どうか調べてください」

「あのなあ、秋茗ちゃん。こんな変態野郎の言いなりになる必要はないんだぜ？」

するといと秋茗は初めてかすかな笑顔を見せた。

「かまいません、それで疑いが晴れるなら。部屋へ案内します」


そうして雷真と風刃は秋茗の部屋へ案内された。

この男はなんという愚か者なのだろうかと雷真は思う。

疑わしい者に肩入れして本質を見失って何の意味があるのだろう？　この男はやはり高貴な御子の護衛役に相応しくない。犯人を捕らえるのは自分の役目だ。

生まれる御子が蠱師のお妃様の血を引いていると思うと悍ましいが、半分は清廉潔白完全無欠な国王陛下の血を引いているのだから、何としても守らねばならない。そのためにも、盗人などという者は早々に排除しておかねばならぬのだ。

「部屋を捜索させてもらう」

淡々と宣言し、雷真は数人で使っているらしいその部屋を片っ端からひっくり返して調べた。

引き出しの中、布団の下、靴の中まで調べ上げる。

そうして枕を探っていると、ふと硬いものが指に触れた。

よく見れば、縫い目にほつれがある。そこに指を突っ込むと、中から大粒の青い宝石が転がり出てきた。

「……これは君の物か?」

雷真は手のひらにのせたその宝石を秋茗に突きつける。

「知りません! 私じゃない!」

秋茗は真っ青になって首を振った。

「私じゃありません! 本当です!」

「それは質問の正しい答えじゃない。君の物かと聞いたんだ」

冷淡に問われ、秋茗はようやく昂った感情を収めた。ゆっくりと首を振る。

「……私の物じゃありません」

「そうか、お妃様に見ていただこう」

「やめてください!」

秋茗はまた叫んだ。

「お願い、誰にも言わないでください。こんなこと知ったら、きっとみんな私が犯人だって言います。クビになっちゃう……そうしたら、家族に仕送りができなくなります。実家には十人の弟妹たちがいるんです。父は酒浸りだし、母は足が悪くって……私が稼がないと食べていけないの！　お願いします。騒ぎにしないでください！」

「ダメだ」

雷真は彼女の懇願を一蹴した。

「それは何の解決にもならない。今すぐ報告する」

「真犯人が別にいたとしたら、お前は今そいつの手の上で踊らされてんだろうな」

渋面で考え込んでいた風刃が不意に言った。

「どういう意味だ？」

また根拠のない言いがかりでもつけてくるのかと侮蔑的な瞳を向けるが、風刃は思いのほか冷静な顔をしていた。

「このことをお妃様に伝えて起こる最悪の事態ってのは何だと思う？」

「事実を伝えて最悪な事態など起こるものか」

「馬鹿坊ちゃん、少しは想像力を働かせろ。最悪の事態は……秋茗ちゃんが犯人ではないのに、真犯人が見つからない場合だ」

雷真はようやく彼の言わんとすることを察した。しかし、それを素直に飲み込むことはできなかった。ぎりと歯噛みして言い返す。

「真犯人を見つければいいだけのことだ」

「絶対見つけてやると宣言するだけで見つかるなら、この世に冤罪《えんざい》は存在しねえよ。俺も犯人は捕まえてやるつもりだが、捕まらない場合ももちろんある。そうなったら、秋茗ちゃんが汚名を被ることになる」

「だからこの証拠を見逃せと言うのか？　見つかった宝石を隠しておけとでも？　ありえない」

「ずっと黙ってろとは言ってねえよ。ただ、全部調べ尽くしてからにしようぜ。宝石に足が生えて枕に忍び込んだりするわけねえんだから、誰かが入れたのさ。どう考えてもこれは盗まれたお妃様の宝石だよ。その犯人が誰であれ、別の誰かであれ、答えを出すのは全部調べてからだ」

　腹の立つことに、一見感情的でもこの男の言うことは驚くほど冷静だった。

「長く黙っているつもりはない」

「ああ、二、三日でいいよ」

「分かった。それまではこの宝石、私が預かっておく」

「ネコババすんじゃねえぞ」

「するわけがない」

　ムッとして言い返すと、風刃はけらけら笑った。妙に人懐っこいその笑みを見ると、雷真はいつも嫌な気持ちになる。

「それじゃあ秋茗ちゃん、この宝石は預かっとくぜ。真犯人は俺が見つけてやるから安心しろよ」

そう言われて秋茗はほっとしたように微笑んだ。この少女は今、風刃を信頼しているのだなと思った。そしてきっと、自分を嫌っているのだろう。

自分が人から好かれないことは知っている。好かれるのはたいてい、もっと明るくよく笑い人懐っこく振舞う……つまり風刃のような人間なのだ。しかしだからどうした。自分は自分が信じるように、ひたすら正しく生きているだけだ。これからもそれは変わらない。


風刃は秋茗の部屋を後にして、考え事をしながら歩いていた。気に食わないことに、その隣を――というにはいささか距離を空けて雷真が歩いている。

「盗まれた宝石以外の品についてはどうする」

唐突に雷真が聞いた。

「ああ、てめえもそこに気づいてたのかよ」

「当然だ。あの部屋には他に隠し場所などなかった。だが、他の品は見つかっていない。別の場所に隠してあるはずだ」

淡々と言われるとまたムカつく。自分の必死さに対してこの男があまりにも余裕ぶっている感じがする。

「秋茗ちゃんが別の場所に隠したか、真犯人が隠し持ってるか……ってことだ。てめえと同じこと考えてたなんて、ぞっとしねえな」

「くだらない」

「この世はくだらないものが動かしてるんだぜ、堅物野郎」

小馬鹿にした笑いを浮かべて大仰に肩をすくめてみせると、雷真は眉間に深い皺《しわ》を刻んだ。

「貴様のそういうところが私は好かん」

「奇遇だな、俺もてめえのそういうところが嫌いだぜ」

「それで？　何か考えがあるんじゃないのか？」

突然話を切り替えられ、風刃は虚を衝《つ》かれて足を止めた。

「てめえはもう少し会話の流れってもんを考えろよ」

「いいから話せ」

雷真は淡々と促した。風刃はふんと不愉快げに鼻を鳴らし、

「秋茗ちゃんを陥れる人間に心当たりがある」

ズバリ言った。

「誰だ？」

「秋茗ちゃんが嫌がらせを受けてる現場を目撃したんだよ。嫌がらせっつーか……仕事をあれこれ押し付けられてる感じだった。もしかしたら、玲琳様のお気に入りになったせいで嫉妬されてんのかもしれねえ」

頭の中にあるのは秋茗にきつく当たっていたあの女官たちだ。風刃はあの女官と秋茗の関係が酷く気になっている。

「……嫉妬が動機で濡《ぬ》れ衣《ぎぬ》を着せられそうになっていると言いたいのか？」

「さあな。ただ、調べても損はねえと思う。本と毒のありかを突き止められるかもしれねえしな。これからその人たちのところに行こうと思う」

雷真はあごに拳を当て、難しい顔でしばし考え首肯した。

「ならば私も行こう」

「はあ？　てめえが一緒に？」

風刃は呆れ顔をする。おそらくこの世で一番風刃を嫌っているであろうこの男が、どうして自分と一緒に行動したがるのか。

しかし雷真はごく平淡《へいたん》な顔で首を捻った。

「何か問題があるのか？」

「俺らは今勝負してんだろ。一緒に行動してどうするよ」

「そうだな。だが、勝負よりも皆が安全に過ごせる方がずっと重要だ。これはどうやらただの盗難騒ぎではない。一刻も早く犯人を捕らえる必要がある。そのためには我々が協力する必要がある」

真顔で語る雷真を、風刃は驚きとともに見やる。

「何かおかしいか？」

「いや、てめえは絶対俺に勝ちたいんだと思ってたからよ」

「くだらない。私はこの方が正しいと思うからこうするだけだ。貴様と協力することが今は正しい」

その言葉に風刃は絶句した。

この男といると、風刃はしばしば惨めな気持ちになる。この愚直なほどの真っ直ぐさを目の当たりにすると、自分が汚い生き物になったような気がするのだ。これが育ちの差なのかと感じてしまう。泥水をすすって生きてきた自分には到底得られない真っ直ぐさを、この男は当たり前に持っている。嘘を吐かなくても、企まなくても、騙さなくても、傷つけなくても、媚《こ》びなくても、顔色を窺《うかが》わなくても……ただ、自分であるだけで生きてこられた恵まれた男。けれど同時に、この男はきっと裏街に生まれていても、今と変わらず真っ直ぐだっただろうと思えてしまうのだ。

風刃は歩きながら深く長い吐息を漏らした。

「はあー……やっぱ俺はてめえが嫌いだわ」

「安心しろ、私も貴様のことは嫌いだ」

ああ、嫌われていて良かったと風刃は安堵する。これで好意でも抱かれた日には、きっと死にたくなってしまうか、或《あ》いは殺したくなってしまうだろうから……

「じゃあ嫌い同士いっちょ協力しますかぁ」

風刃は軽口を叩き、雷真と共に件の女官たちを訪ねた。

顔のよく似た女官というのは有名で、すぐに部屋の場所は分かった。

どうやら双子らしく、尋ねてきた雷真と風刃を見るなり同時に嫌な顔をした。

「……何か御用ですの？」

「あのさ、後輩女官のことで話を聞きたいんだけど、いいかな？」

風刃が人懐っこく話しかけると、彼女たちは益々《ますます》嫌な顔をする。こんな風に拒絶されるのは珍しいことだ。風刃は自分の見てくれが女から好かれることを知っている。

そして、こんな風に笑ってみせればたいていの女が心を許すことも知っている。だから彼女たちの態度は珍しかった。

「私たち、秋茗さんのことで話すことなんか何もありませんわよ」

「別に秋茗殿のことだとは言っていない」

雷真が即座に指摘した途端、双子の女官は同時に表情をこわばらせた。

「こ、後輩なんて他にあまりいませんもの」

焦ったように言い訳する。

初めて会った時から思っていたが、この二人はどうもおかしい。なんだか気になる。

ただの勘だといえばそれまでだが、どうしても気になるのだ。

「あなた方は秋茗殿に嫌がらせをしていると聞くが本当か？」

雷真はなおも追及する。

「なっ……そんなことしてませんわよ！」

女官は目を怒らせて叫ぶ。

「だが、仕事を押し付けていると聞いた」

「それは……あの子が生意気だから」

「嫌っているんだな？」

女官たちは黙り込んだ。酷く苛々しているように見える。何で自分たちがこんな目に……そう叫び出しそうに見える。

「部屋を捜索させていただきたい」

雷真は冷淡に告げ、部屋に押し入った。風刃も後から足を踏み入れる。

「ちょっとやめて！」

騒ぐ女官たちを尻目に、雷真は部屋を漁り始めた。止めてやりたいような気もしたが、秋茗の部屋を捜索したのならこの部屋も調べておくべきだろう。風刃も何気なく部屋を見回し、とある一点に目を留めた。

小さな書棚に収められた一冊の書物。他の物と違って酷く古びている。風刃は吸い寄せられるように書棚へ近づき、その書物を抜き取った。中をめくって仰天する。

「なあ、これってお姉さんたちのか？」

その書物をぱっと差し出した途端、女官は顔を引きつらせて書物を叩き落とした。

「嫌！　気持ち悪い！　何それ！」

バサッと落ちた書物の中には悍ましい蟲の絵が描かれている。

風刃は書物を大事に拾い上げ、目の高さに掲げた。

「これはたぶん、お妃様の部屋から盗まれた書物だ」

女官たちは真っ青になって抱き合った。

「知らないわよ！　そんなもの！」

「……これで秋茗殿もあなた方も、容疑者としては同じ程度の怪しさということになってしまったな」

雷真は冷たく言う。女官たちはぶるっと震えた。怯えながらも、やはり酷く苛々しているように見えた。

「……もう出て行ってもらえます？」

妙に硬い声で女官の一人が言った。女が一番怒った時の声をしているなと風刃は思った。

「まだ毒が……」

言いかけた雷真の襟首を捕まえ、風刃はぱっと手を振った。

「もういいよ、この本は俺らが預かっとく。協力してくれてありがとな」

そう言って雷真を引きずり、足早に部屋を出て行った。

「おい、貴様！　どういうつもりだ！」

引きずられた雷真は腕を振り払って怒鳴った。

「あれ以上つつくとあいつらキレるぞ、めんどくせえ。宝石は秋茗ちゃんの部屋で、本はお姉さん方の部屋で見つかったんだ。毒は他の誰かの部屋で見つかるかもしれねえだろ。探そうぜ」

「……貴様に言われずとも探すつもりだ」

雷真は乱れた襟をぱっと手荒く直して歩き出した。

「だがその前に、これはもうお妃様に報告した方がいい。容疑者が三人いるなら、真犯人が見つからずとも誰か一人が疑い続けられることはないはずだ」

「いや、もう少し調べてからにしようぜ」

風刃は足音荒く歩きながら言う。

「何か調べるあてでもあるのか？」

「それをこれから考えるんだろーがよ」

「話にならない」

「え、喧嘩売ってます？」

「そんなくだらないことはしない」

言い合いながら、両者の歩みはどんどん速度を増した。お互い相手に前を歩かせたくないという思いが行き過ぎて、今にも走り出しそうな速さで廊下を歩く。時折すれ違う人たちが、何事かと驚きながら振り返るのだった。


そして同じ頃――

秋茗は一人夜の庭園を歩いていた。

身を切るような冷たい空気の中、ぺたりと地面に座り込む。時折歌うかすかな鼻歌が寒風にまじる。

秋茗は懐に抱え込んでいた壺をごとりと地面に置いた。壺には文字の書かれた紙の蓋がかかり、紐《ひも》できつく複雑に結わえてある。

壺の蓋を縛る紐をかじかむ手で解く。そして白く凍り付く息を吐きながらそっと蓋を外す。

そこからずるりと這い出《は》て《で》きたモノを見て、秋茗はたまらず後ずさった。それは不気味な斑模様の蛇だった。

「……私の言葉が……分かるのよね……？」

恐る恐る問いかける。蛇は鎌首をもたげてじっと秋茗を見据える。

「お願い、この布の持ち主を襲ってきて……！」

差し出された布切れを、蛇はぱくりと飲み込んだ。そしてずるりずるりと地面を這い、遠ざかって見えなくなる。

瞬きさえ凍り付くほどの寒さの中、秋茗はその場にしばし座り込む。

自分のことを案じてくれた風刃のことを思い返す。

皆のことを考えていた雷真のことを思い返す。

そして秋茗は呟いた。

「……ごめんなさい」

そしてまた同じ夜の下――

「私の宝石と書物が見つかったそうよ」

玲琳は暖かな部屋で食事をしながら鍠牙に言った。向かい合って夕食を頬張ってい
た鍠牙が驚きの声を上げる。

「ほう、見つけたのはどっちだ？」

「二人で一緒に見つけたみたい。だけど、まだ黙っていることにしたようよ」

「ならどうしてあなたが知っているんだ？」

「私の女官は優秀だもの」

玲琳はふふんと笑う。

「なるほどな、主の閨《ねや》すら見張っているくらいだものな」

「今はやめたようよ。私は別に見られても困らないけれど」

「俺もまあ、別に困りはしないが」

鍠牙はくっくと笑いながら食事を平らげてゆく。

「この事件、どうなってしまうのかしらね」

玲琳はわくわくと胸を躍らせる。予想外のことが次から次へと起こるので、次は何
が起きるのか楽しみだ。こんなことを楽しがる妻を、鍠牙は生温かく見守る。

「俺の可愛い姫が楽しそうで何よりだ。そういえば、盗られた毒はどうなった？」

「あれはまだ見つかっていないみたいね」

「素人の手に渡って大丈夫なのか？　被害者が出たりしないだろうな」

彼は渋面になって玲琳を睨んだが、玲琳は軽く肩をすくめてそれをいなした。

「平気よ。無関係な人間を襲ったりしないわ」

「……襲う？　ちょとまて、毒なんだろう？」

「ええ、強力な蠱毒を生む毒蛇よ」

「おい！」

鍠牙が反射的に立ち上がりかける。

「そんな危険物が王宮内をうろついているのか？」

そう叫んだ時、何かが床をしゅるりと這った。

鍠牙はその気配を感じてはっと振り返る。

その瞬間、床を這っていた斑模様の毒蛇が鍠牙に襲い掛かった。

「鍠牙！」

玲琳は叫んだが、もう遅かった。毒蛇は鍠牙の首筋に噛み付き、じゅるじゅるとその血をすする。

「きゃあああああ‼」

給仕していた女官たちがけたたましい悲鳴を上げて逃げまどう。

「やめなさい！」

玲琳は鍠牙の首に噛み付く蛇に向かって命じた。その声に毒蛇は牙を離し、またしゅるしゅると這って闇に消えた。その動きはあまりにも速く、誰も止めることができないほどだった。

いったい何が起きたのか……玲琳はしばし立ち尽くした。あれは盗まれた毒蛇だ。それが何故、鍠牙を襲ったりするのか。予想もしていなかった出来事に、玲琳はただただ呆然とした。


女官たちの悲鳴は雷真と風刃の耳にも届いていた。

二人の警戒心は一気に極限まで跳ね上がり、同時に駆けだしていた。

声がしたのは鍠牙の部屋だ。全速力で駆け抜け、主の部屋へ駆けつけるその途中、目の前を異物が横切った。二人は驚いて同時に立ち止まる。

「何だあれは」

雷真が訝る。その隣でそれを凝視し、風刃が呟いた。

「あれは……玲琳様の蛇？」

そこへ鍠牙の部屋から飛び出してきた女官が駆けてきた。

「大変ですわ！　陛下が……陛下が毒蛇に襲われました！」

聞くなり二人はまた走り出していた。

部屋へ飛び込むと、そこには首筋を押さえて顔をしかめる鍠牙の姿があった。さっと血の気が引く雷真に対し、風刃は冷静に部屋の中を見回した。

「何があったんですか！」

声を荒らげる雷真。

「私の蛇が誰かに操られて鍠牙を襲ったわ」

「陛下はご無事で？」

「ああ、酷く痛かっただけで……ものすごく痛かっただけで！　問題はない」

鍠牙は不愉快そうにそう言った。相当痛かったようだ。玲琳も厳しい顔をしている。

すると女官たちも我先にと訴え始めた。

「恐ろしい蛇でしたわ！　陛下の血を吸ったんですのよ！」

「私たちも襲われるかと思いましたわ！」

彼女たちはキャンキャンと子犬が鳴くみたいに騒ぎ立てた。

雷真と風刃は一瞬目を合わせた。

「我々も今、そこで蛇のようなモノとすれ違いました」

「それですわ！」

「あれはお妃様の蛇なのですね？　今は別の人物が操っているということですか？」

矢継ぎ早に尋ねる雷真に、風刃がふと険しい目を向けた。

「だったら何だってんだ？　玲琳様のせいだってのか？」

しかし雷真は挑発めいたその問いに軽くかぶりを振って答えた。

「そんなことは今更言っても意味がない。重要なのは被害者がこれ以上出る前にあの蛇を捕らえることだ。それが正しいことだ。お妃様、あの蛇は普通の罠で捕らえられますか？」

「無理よ」

「ならばどうすれば……」

「操っている術者を止める必要があるわ」

「なるほど、承知しました。やはり犯人を捕らえる以外ないということですね」

「ええそうね……私の蠱を好き勝手に操ったなんて許し難い愚行だわ……」

ぞっとするような声で玲琳は呟く。そして怒りを逃がすように大きく息をついた。

「お前たち、一刻も早く犯人を捕らえてちょうだい」

「無論です」

「任せてください」

雷真と風刃は力強く承諾し、王の部屋を後にした。

そして二人はしばし無言で廊下を歩く。

「……なあ、俺ちょっと一人で調べたいことがあんだよ」

風刃が言った。

「そうか、奇遇だな。私も一人で調べたいことができた」

雷真も淡々と応じる。

「そっか、なら後で答え合わせしようぜ」

「いいだろう」

「じゃーな」

そこでちょうど廊下が左右に分かれ、二人はおのずと違う方向へ足を進めていた。


そして丸一日が経った。

再会した雷真と風刃は互いに向き合い睨み合う。

雷真は酷く疲れた顔で髪は乱れており、風刃は泥まみれのうえ服がびりびりに破れている。

「よお、調べたいことは調べられたかよ」

「そっちはどうだ？」

「俺は分かったぞ」

「私もだ」

その答えに風刃はにやっと笑った。

「じゃあ答え合わせしようぜ」

そして一刻もしないうちに、二人は鍠牙の部屋を訪れていた。

長椅子に玲琳が座り、その脇に鍠牙が立っている。雷真と風刃は彼らと向かい合って礼をした。そして部屋の端には呼びつけられた秋茗と双子の女官が控えていた。

「犯人を突き止めたのですって？」

玲琳が探るような目で聞いてきた。

「はい」

雷真と風刃は同時に答える。

「犯人は――」

と、雷真がおもむろに言いかけ、

「玲琳様、あなたですよね？」

風刃がビシッと玲琳の顔を指さした。

「おい、何故私の台詞《せりふ》を盗った」

雷真がそう言って風刃を睨んだ。

「警備がガバいからじゃないんですかぁ？」

風刃は煽《あお》るように返す。

それを見ていた玲琳が不意に笑いだした。

「何故、私が犯人だと思うの？」

「玲琳様……だけじゃないですよね？　陛下、秋茗ちゃん、双子のお姉さん、ここにいる全員で共謀して俺らを騙してたんでしょ？　この盗人騒ぎは虚言ですよね」

「どうしてそう思ったの？」

そう尋ねる玲琳はやはり楽しそうだ。鍠牙も感心したように笑っている。秋茗は真剣な顔をしており、双子の女官は不満そうな顔をしている。

「違和感があったのは、秋茗ちゃんと双子のお姉さん。妙に目配せし合ってた。たぶん、俺らを騙す演技をしてた。最初は少し変だなと思っただけだったけど……お姉さんの部屋を調べて、もっと変だと思った。お姉さんはお妃様の本を、中も見ずに気持ち悪がって叩き落とした。お姉さんは初めからあの本の中身を知ってたってことだ。犯人じゃなけりゃ、中も見てない本を怖がることはできねえよ。だけど怖くて触れないってことは、盗ったのは他の誰かだ。で、決定的だったのはあの蛇だ」

鍠牙の部屋に向かう途中、一瞬だけ見たあの蛇は風刃に決定的な疑いを抱かせた。

「蠱毒ならまだしも、あれは玲琳様の命令で動く蠱だ。他人が自由自在に操れるとは思えない。盗まれた毒が蛇だと知って、あなたが自分でやったんじゃないかと疑いました。だから、毒草園を一日かけて調べました。葉っぱの裏を一枚一枚めくって、土を掘り返して隅々まで調べました。あの蛇は毒草園にいましたよ。あの蛇はちゃんと玲琳様の手の中にいて、あなたが操って動かした。毒は盗まれてなんかいなかったんだ。それなら宝石と書物が盗まれたのも嘘なはず。なのにそれが秋茗ちゃんとお姉さんたちの部屋にあったってことは……玲琳様が命令して、そうしたってことだ」

「へえ……」

玲琳は瞠目する。

「私の蛇はたくさんいるわ。お前に判別できるの？」

「そりゃあできますよ。俺は昨夜見ましたからね。あんな気持ち悪くて醜くて素敵なもの、一度見たら忘れるわけがない」

断言すると、玲琳はまた大きく目を見開き、にや～っと嬉しそうに笑った。

「雷真、お前も私だと思うの？」

「思います。何故なら、陛下が動いておられないからです」

その言葉で全員が鍠牙を注視した。鍠牙はぱちくりと瞬きして自分の顔を指さした。

「人を襲うような蛇がこの王宮で野放しになっているなら、陛下はもっと人手を使って犯人を捜そうとするはずです。陛下がそういうお方であることを私は知っています。陛下はこの事件が危険なものではないと分かっているのだと思いました。まるで我々に事件を捜査させるのが目的であるように、全てが動いていると思いました。陛下がそれをお望みなら、私はその通りに動くまでです。あまりにもあからさまに、物証は彼女たちを疑えと言っていた。ですから私はお望み通り彼女たちを徹底的に調べました。関わりのある全ての人に話を聞き、実家を訪ねました」

そこで三人の女官は同時に驚き、「ええ⁉」と声を上げた。

しかし雷真は構わず続ける。

「双子の女官殿の周辺からは何も得られませんでした。が、秋茗殿の実家を訪ねると御父上がこう仰《おつしや》っていた。娘のおかげでお妃様から莫大《ばくだい》な報酬をいただいた——とね。たいそう嬉しそうでした。お酒が過ぎるのはあまりよろしくないと思い、少々諫《いさ》めておきましたが……」

そこで一瞬言葉を濁し、

「秋茗殿はお妃様の命令で動いていた。だから家族がその報酬を受け取った。黒幕はお妃様、あなたです」

強くきっぱりと雷真は言った。

「てめえ、やっぱりその台詞言いたかったのかよ……」

風刃がぼそりと呟く。

そこで玲琳はぱちぱちと手を叩いた。

「二人ともいい子ね」

同じ年頃の彼女にいい子と言われ、雷真は複雑な表情になる。

「どちらが護衛役に相応しいか見極めるための試験だった――ということですか」

「そうよ、そのための芝居だったの。ただ、お前たちは二つ勘違いしている」

勘違いと言われて二人の表情は険しくなった。玲琳は楽しそうに笑いながら続ける。

「確かに全ての黒幕は私だけれど、全てが虚言というわけではないわ。宝石は確かに一度なくなったのよ。そして、この計画を考えた犯人は私ではないわ」

そう言われて雷真と風刃は思わず顔を見合わせ、しかし一瞬でふんっと顔を背けた。こんなヤツと気が合うなんて御免だとばかりに。

「では誰が？」

雷真が疑るように聞く。

「私です」

そう答えたのは黙って控えていた秋茗だった。

「お妃様の宝石が消えたのも、この計画を考えたのも、全て私です。ただ、言っておきますが私は泥棒じゃありません」

淡々と答え、彼女は最後にくすっと笑った。

宝石が盗られた夜のこと――

鍠牙の部屋へ一人の女官がやってきた。

玲琳が最近気に入って女官に格上げした少女、秋茗だった。

「お妃様、盗られた宝石というのはこれですか？」

秋茗は鍠牙の部屋で休もうとしていた玲琳に青い宝石を見せた。

「あら、それよ。お前が盗ったの？」

玲琳は少女の痩せた手のひらに収まる宝石をしげしげ見ながら聞いた。

「いいえ、私が昼に宝石箱を落としてしまって、片付けたとき一つ仕舞《しま》い忘れたのだと思います。棚の下の奥に転がっていました。申し訳ありません」

「ああ、そうだったの。騒がせて悪かったわね」

礼を言いながらも玲琳は少しがっかりしていた。せっかく盗難事件が起きたのだから、これを護衛役選定の試験にしようと思っていたのだ。

仕方がないから別の何かを考えなくてはと思いながら宝石を受け取ろうとすると、秋茗は宝石を隠すようにぐっと拳を握り込んだ。

何事かと怪訝に思う玲琳に、秋茗は強い目を向けた。

「お妃様、私が仮にこの宝石を頂戴したいと申し上げたとします。何と引き換えならいただけますか？」

幼い少女はそんなことを聞いてくる。

「これが欲しいの？」

「はい」

「何故？」

「弟が病です」

ごく端的な言葉だったが、その他のあらゆることを想像するに足る一言だった。

「そうね……お前の手足と引き換えに、と言ったらどうするの？」

玲琳は口の端に冷たい笑みをのせてそう聞いた。しかし秋茗は顔色一つ変えずに答えた。

「その程度でよければ。ですが、この宝石と私の手足程度では釣り合いが取れないのではありませんか？　この宝石なら一家十三人で優に百年は暮らせそうです」

真顔で言う秋茗の顔を玲琳はじっと見つめた。目元が少し赤い。

「お前、泣いたの？」

唐突に聞かれて秋茗は一瞬顔を強張《こわば》らせた。

「……私が宝石箱を落としてしまったのは、勝手に中を覗いたからです。お妃様が蠱師でなければ盗んでいたと思います。だけど、蠱師のお妃様から物を盗むような馬鹿げたことはできません。すぐに捕まってしまいますから。そう思ったら自分の無力さが情けなくなりました」

　だから泣いた――とは言わなかった。

「そう……私はお前がとても気に入っているわ。宝石の一つや二つくらいやってもいい。だからそうね……その代わり、生まれる子の護衛役を決めてちょうだい。相応しい者を決めてくれれば、これをあげるわ」

　あっさりと言われて秋茗は疑わしげに眉を顰めた。

「御子様の護衛を私が決めるんですか？」

「ええ、お前を気に入っていると言ったでしょう？」

「それだけで宝石をいただけるんですか？」

「最初はこの宝石盗難を護衛役選びに利用しようと思っていたのだけれど……お前にあげるわ。それくらいお前を気に入っているのよ」

　微笑む玲琳に秋茗は絶句した。しばしそのまま固まった後――

「ならば、当初の予定通り盗まれた宝石を見つけた者を護衛役にすると、候補者にお伝えください」

「ふうん？」

　玲琳は楽しくなって聞き返した。

　秋茗の大人びた切れ長の目が、思案するように細められる。

「お妃様は、護衛役候補の人間性と能力を調べろとおっしゃっているんですよね？　でしたらこの事故を、事件にしてしまいましょう。私が宝石を隠します。候補者がどういう思考で、どういう手段で、どういう能力で、どういう覚悟で事に当たるのか、それを見極めるのに盗難事件はちょうどいいと思います」

「それをお前がやってくれるの？」

　すると秋茗は少し考え、

「私だけでは足りないと思います。もっと事態を混乱させて候補者を揺さぶるために、共犯者を募りましょう。お妃様の手足となって動いてくれる女官……お妃様に忠誠を誓っている葉歌さんでは犯人として現実味がないですから、翠さんと藍さんがいいと思います」

　そうして呼ばれた双子の女官は、計画を聞かされるなり血相を変えた。

「い、嫌ですわ！　どうして私たちが秋茗さんを虐めないといけないんですの⁉」

「似合うからです」

　ズバッと言われて双子はあんぐり口を開ける。

「そもそもお二人とも、私のことをあまり好きじゃないじゃないですか」

「それはあなたが生意気だから！　新人のくせに全然甘えてくれないし！」

「そうよ！　もっと頼ってくれればいいのに、可愛くないんだから！　何度誘っても休みの日に一緒に遊びに行ってくれないし！」

「後輩を虐めたなんて噂が立ったら軽蔑されるではありませんか！」

「雷真さんと風刃くんに嫌われちゃったらどうするおつもり！」

「それから、宝石だけでなくいくつか他の品も盗まれたことにしましょう」

双子の訴えを無視して秋茗は話を進める。

「何がいいかしら？」

「……毒をお貸しいただけますか？」

「毒を？」

玲琳の瞳は煌めく。

「蠱師の血を引く御子を守る役目なら、毒とどう向き合うのかを見ておきたいです」

「いいわ、毒も貸してあげる。どうせなら実際使ってみなさい。無関係な者に使うのは危ないから、私を狙うといいわ。候補者の対応をよく見ておくようにね」

「はい」

「あとはお前の好きにするといいわ。お前が何をするのか楽しみよ」

「精一杯力を尽くします」

「結構。明日の朝一番で、王宮医師をお前の弟の治療に向かわせるわ。一家がしばらく食べるに困らないだけの品も持たせよう」

「いいんですか!?」

目を大きく見開くと、秋茗は年相応の少女に見えた。玲琳は鷹揚に頷いた。

「構わないわ。お前はやってのけるでしょう？」

「はい、必ず相応しい方をお選びします」

そう宣言し、彼らは秘密裏に手を組んだのだった。


「全て私が考えました。お二人を揺さぶって、困らせて、心配させて、その行動を見ていました。ごめんなさい」

そう言って、秋茗はべえっと舌を出した。少しも謝っている態度ではなく、むしろからかうように笑っている。

この小さな少女に弄ばれたと知り、二人の若者は啞然として言葉を失った。

「秋茗、それで護衛役は決まった？」

玲琳が聞くと、秋茗は笑みをひっこめ真剣な顔になる。

「はい、私はこの数日お二方をずっと観察して、様々なことを知りました。一言では語れませんが強いて言うなら、雷真様は私に対して思いやりを全く見せることなく目的を遂行することだけを考えて行動していました。対する風刃様は私が傷つかぬよう細心の注意を払ってあらゆることを気遣ってくださいました」

秋茗の説明に、両者の表情は共に険しさを増した。

彼女はそこで一呼吸置き、背筋を伸ばして言った。

「私は、どちらも生まれてくる御子の護衛役に相応しいと思いました。どちらを選んでも正しく、また後悔するであろうとも思いました。なので、これからこの硬貨を投げて決定しようと思います」

と、袂《たもと》から一枚の硬貨を出す。

雷真と風刃は度肝を抜かれて待ったをかける余裕もない。

「表が雷真様、裏が風刃様。では、決めさせていただきます」

宣言し、硬貨を投げようとする。

「お待ち」

玲琳はそこで彼女を止めた。

「お前がそこまで言うのなら、二人は共に素晴らしい護衛となるのでしょうね。いいわ、二人とも護衛役に任じるわ」

そう決めた玲琳に、秋茗は思慮深く微笑んだ。

「それが最良かと存じます」

「では……雷真、風刃、お前たち二人を護衛役に任じます。みなよく頑張ってくれたわね。下がっていいわ」

玲琳はそう告げて、ぽんと手を打った。

「もうこんなこと二度とやりたくありませんわ」

「そうですわよ、ご褒美に何か素敵なものをくださいませ」

「おかげさまで弟は持ち直しました。ありがとうございます」

女官たちは文句や礼を言いながら、鍠牙の部屋を後にする。

そして護衛役に任じられた二人の若者は、呆然とその後に続いたのだった。


「あんな女の子の考えたことで右往左往してた俺らは何なんだ……」

風刃は廊下に出るとぼやいた。

「こんなことで動じていては護衛など務まらない」

雷真は平静を装って言う。

「女の子に軽く手玉に取られてるやつにも護衛は務まらねえよ」

「手玉に取られてなどいない。家族に口止めしなかったのは、彼女の失敗だ」

「付き合ってもいない女の子の実家に押しかける馬鹿がいるなんて、誰も想像してなかっただけだろうがよ」

「ならば彼女の思慮が浅かったということだ。そもそも、必要であれば実家だろうがどこだろうが訪ねていくのは当然のこと」

「気持ち悪いヤツだな、てめえは」

「私は気持ち悪くない」

「えっ……まさか……自覚ないんですか？」

風刃が驚愕の顔で言うと、雷真は頬を引きつらせた。

「貴様……やるのか！」

「おうおう！　やってやろうじゃねえか！」

互いの胸ぐらを勢いよく掴み上げ、がるると唸るように牙を剝く。

「おいこら、うるさいぞお前たち」

そこで怒った顔を作った鍠牙が部屋から顔をのぞかせた。

「は！　申し訳ありません」

雷真がピシッと背筋を伸ばして応じ、

「すんません」

風刃が笑って誤魔化す。

「頼んだぞ」

色々な意味の含まれた言葉を投げかけ、鍠牙は部屋に戻っていった。

肩の力を抜き、風刃はふと言った。

「もしかして、護衛役になったらてめえとずっと一緒にいるのかよ」

「だろうな」

「うげえ……最悪」

「こっちの台詞だ」

「俺、てめえのこと嫌いなんだよ」

「奇遇だな私も貴様が嫌いだ」

「俺の方が嫌いですぅ〜」

「いや、私の方が嫌いだ」

馬鹿馬鹿しい言い合いをしながら、二人は廊下を歩いてゆく。そしてまた取っ組み合いを始め、通りかかった熟年女官にこっぴどく叱られたのだった。


「本当にあれで大丈夫なのか」

鍠牙は呆れたように言いながら、玲琳の隣に腰かけた。

「さあ、どうかしらね」

玲琳は上機嫌で笑っている。

「一人でもよかったんじゃないか？」

「いいえ、二人必要よ。一人の子に一人の護衛。数は合うわ」

言われて鍠牙は目を真ん丸くした。目立ってきた玲琳の腹に一瞬目を落とし、また視線を上げて頷く。

「なるほど、それなら必要だ。もしかして、初めから二人とも選ぶつもりだったか？」

勘の鋭い夫に、玲琳はにやりと笑った。

「顔を見た時にはもう二人とも選ぼうと思っていたわ」

「ああ……もしかして、それでも二人に競わせたのは、秋茗を試してたのか？」

まったく彼は本当に、妻に関しては勘がいい。

「あの子は私のお気に入りだからね。図抜けて賢く、卑怯で、嘘吐き。生まれる子らのお付き女官にちょうどいいわ」

玲琳は鍠牙の膝にぽすんと頭を落とした。

「だから――あの子たちに悪さをしてはダメよ？」

「俺が？　あなたのお気に入りたちに悪さを？　そんなことができるなら、俺はとっくに死んでいるだろうよ」

「そうね、そんな悪さをすれば、私の蜘蛛がお前を殺してしまうだろうからね」

ふふんと笑って手を伸ばし、鍠牙の首筋をなぞる。そこには蛇に噛まれた傷痕が残っていて、その歪な感触を指先でたどる。

「あの蛇は私を襲うはずだったのよ」

万一の場合秋茗が罰せられることのないよう、玲琳は己を襲わせる手はずを整えていた。秋茗には玲琳の匂いが付いた手巾を渡しておいたから、蛇はそれをたどって玲琳を襲うはずだったのだ。それなのに、蛇は鍠牙を襲った。

「それはすまなかったな」

玲琳の頭を膝にのせたまま、鍠牙がしれっと謝る。玲琳はじろりと夫を見上げた。

「やっぱりお前が何かしたのね？」

「標的の持ち物が要ると言って、姫は自分の手巾を秋茗に渡していただろう？　後でこっそり俺の物も渡しておいた。いくら蠱師でも、今はおかしなことをしない方がいいと思ってな」

「馬鹿なことをしたわね。血をすすられるだけで私がどうかなるはずはないのに」

大切な蠱を好きなように操られたと思うと不愉快だ。

「でも俺はそうしたかったんだ」

「……仕方がないわね、今回だけ許すわ。次にやったら……お前を愛してしまうかもしれないよ」

玲琳が鋭く睨むと、鍠牙は楽しそうに笑った。

「俺はあなたが好きで、可愛くて、この世の何より本当に大事なんだ。あなたの大切なものは俺も大切にするし、あなたを傷つけることはほんの少しもしたくない。この世の全部よりあなただ。だからあまり怒らないでくれ」

彼はいつも全身全霊で玲琳に愛を捧げる。そして同じくらいの愛を玲琳に求めている。しかし玲琳が本当に愛を返してしまえば、その瞬間彼にとって玲琳はゴミクズとなり果てるのだ。

玲琳はうっすらと危険な笑みを浮かべた。

「お前は救いようのない愚か者ね。返ってこないと分かっていて、無駄な愛を注ぐのね。心をすり潰してドブに捨てているみたい。可哀想ねえ」

この世のあらゆるものを腐らせてしまいそうなこの男の毒が、玲琳にはたまらなく甘美に映る。この禍々《まがまが》しい毒物を、玲琳はずたずたに切り刻み、宝匣に閉じ込めて大切に大切に愛《め》でるのだ。

終話

花の咲き誇る魁国後宮の庭園を、二人の幼子が駆けている。

一人は活発そうな瞳をキラキラと輝かせる美しい王女。もう一人は奇妙に暗い瞳をしている陰気な王子だ。

「早くいらっしゃいよ！」

王女が叫ぶ。

「足が遅いわね。そんなんじゃ民から馬鹿にされるわ」

「足の速さなんか蠱師には関係ない」

王子は淡々と言い返した。

王女は愛らしい唇をむうっと歪めてみせる。

「馬鹿ねえ、蠱師なんか時代おくれよ。私は蠱師になんかならないわ、いずれお父様の跡を継いでこの国の女王になるんだから。そしていつかは斎も飛《ひ》も全部のみこんで大帝国の女帝になるのよ。私はそういう女なの」

つんと顔を上げて得意げに語る幼い王女。

「ならないじゃなくて、なれないだろ？　蠱師の素質がないんだから」

またしても淡々と言い返されて、王女は眉をつり上げた。

「なあに、自分がちょっと蠱師の素質があるからって偉そうにしないでよね。いくらいばったところで、お母様みたいにはなれないんだから」

「別にいばってない。それに僕は蠱師の道を究めようなんて思ってないよ。ただ、蠱と毒が好きなだけだ」

「そういうの、負け惜しみっていうのよ」

「その言葉、そのまま返すよ」

王子はどこまでも淡々としている。

「可愛くないんだから」

王女はぷんすか腹を立てて、頬をふくらませた。

「男が可愛いわけないじゃないか」

王子が呆れたように言うと、王女は益々不機嫌になる。

「早く行こう、お母様とお父様が待ってるよ」

王子はなだめるように言い、王女の手を握った。

ご立腹な王女と陰気な王子は、手をつないで庭園を歩いてゆく。

その先には奇妙に毒々しい雰囲気を纏わせた草の生い茂る一角があった。

あまたの毒蟲が潜む毒草園だ。

その毒草園の真ん中で、王子と王女の父と母が待っていた。

王妃李玲琳が芝生に座って体中に蟲たちを纏わせ、国王楊鍠牙がその傍らに立っている。

王子と王女は手をつないだまま、ぴょこぴょこと父母のもとへ駆けていった。

「お母様ー、だっこして」

「お母様、僕らに何の御用ですか？」

玲琳は膝に縋ってくる子らを見下ろし、己の唇に人差し指を当てて沈黙を促した。

王女と王子は同時に自分の口を押さえて静かにする。

「お前たちは今日、五つになったわね」

玲琳は満足そうに微笑んでそう言った。二人は同時にこくこくと頷く。

「祝いに良いものをあげるわ」

そう告げると、己の肩に止まっていた二匹の闇色の蝶《ちょう》を指先に移し、子供たちの前に差し出す。

「五歳にもなるのだから、蟲の一匹や二匹は持っていてもいいはずよ」

すると王子は慣れたように蝶を一匹受け取った。

「ありがとうございます、お母様。とても可愛らしいです」

頬をかすかに上気させて蝶を撫でる。

しかし王女は難しい顔をして座り込み、蝶に手を出そうとしなかった。

「どうした？　ほしくないのか？」

傍らに立っていた鍠牙がしゃがみこんで娘の顔を覗き込む。

「……だって私には蠱師の素質がないもの。お母様、本当は私のことを嫌いなんじゃない？」

悲しみ――というよりは怒りに近い顔で王女は玲琳を見上げる。

玲琳は目をぱちくりさせ、ふっと笑った。

「お前は私が知る中で、最もお姉様に似ているわ。愛するお姉様に似ているお前を、私が愛さないと思うの？」

姉に似ている――その言葉を聞いた途端、王女はぱっと顔を輝かせる。

「じゃあ、お母様は私のことが好きなのね？」

「僕のことも好きですか？」

娘と息子に重ねて聞かれ、玲琳は大きく頷いた。

「ええ、二人とも愛しいわ。どちらも私の宝物よ」

二人は満足そうにその答えを聞き、それじゃあ……と続け、

「『お父様のことは好き？』」

声を揃《そろ》えてそう尋ねた。

玲琳は数回瞬きして、今度は意地の悪い笑みを浮かべた。

「お前たちのことは可愛いけれど、残念なことに私がこの男を好きになることはこの世の終わりが来ようともありえないわね」

さらりと告げられたその残酷な答えに、王子と王女は顔を見合わせ、ちょっと嬉しそうに笑った。

「おいこらお前たち。何が嬉しい」

しゃがんで彼らを見ていた鍠牙が、怖い顔を作って子供たちの頬をつついた。

すると王女は悪戯っぽくくふくふ笑い、父の腕の中に飛び込んだ。

「だって、それってお母様にとってお父様が、すごく一番特別ってことだもの」

「それに、僕たちはお父様をちゃんと大好きだから大丈夫ですよ。お父様はおもうぞんぶんお母様に嫌われてください」

得意げな幼子のその答えに、玲琳と鍠牙は目を真ん丸くして同時に笑い出した。

まったく今日も、魁の後宮は平穏無事に毒めいているのだった。

―――本書のプロフィール―――

本書は書き下ろしです。

小学館文庫

蟲《むし》愛《め》づる姫君《ひめぎみ》の宝匣《たからばこ》

著者　宮野美嘉《みやのみか》

二〇二一年二月十日　初版第一刷発行
二〇二一年三月二十一日　第二刷発行

発行人　飯田昌宏
発行所　株式会社 小学館
〒一〇一-八〇〇一
東京都千代田区一ツ橋二-三-一
電話　編集〇三-三二三〇-五六一六
　　　販売〇三-五二八一-三五五五
印刷所　———　図書印刷株式会社

ISBN978-4-09-406876-4

さくら花店 毒物図鑑

宮野美嘉

イラスト　上条衿

住宅街にある「さくら花店」には、
心に深い悩みを抱える客がやってくる。それは、
傷ついた心を癒そうと植物が呼び寄せているから。
植物の声を聞く店主の雪乃と、樹木医の将吾郎。
風変わりな夫婦の日々と事件を描く花物語！

CHARABUN
キャラブン！
小学館文庫